# A CREATOR'S GUIDE

## —創作者的故事設定攻略—
## 打造完美奇幻世界觀

## TO WORLD-BUILDING

★ 監修:榎本 秋 ★

★ 著:鳥居彩音 ★

# 前言
## —如何使用本書—

　　創造出「另一個世界」是故事創作的樂趣之一，可自由地將現實生活中的法律、科學、歷史、常識以及人們的生活方式等加以變更，或者重新創造。姑且不論能否獲得好評，至少不會因脫離現實而被人指責。

　　從這樣的觀點看來，創造出「另一個世界」——亦即世界觀的設定，不僅讓許多創作者樂在其中，也頗費心思量。以小說的新人獎為例，常會遇到新秀將厚厚一疊的世界觀設定說明資料隨附在參賽原稿當中（這麼做很可能因為違反規定而落選，因此我強烈建議不要附上說明資料）。

　　我這麼說可能會讓人以為，世界觀的設定可以愛怎麼寫就怎麼寫。如果只是在自己的腦中想想也無妨，但若是要寫出來讓人看、讓人讀的時候，就不能隨意創造。故事情節不完整或者任何可疑之處，都會影響故事整體的品質，甚至讓讀者覺得「好無聊」、「看不懂」或者「很多地方對不上，讓人看得很火大」。

　　儘管如此，或許還是有人想將自己設定的世界觀貫徹到底。不過，既然要創造一個世界觀，何不好好地構想呢？先有個基本概念，接著追加新的設定、彙整相反的概念或果斷地刪除部分設定以提升品質，應該也是不錯的做法。

　　說來容易，但在創作時到底該思考哪些事呢？相信有不少人為此煩惱吧！而這就是本書該出場的時刻。

　　本書分為兩大部分。

　　前半部為讀者講解，打造一個世界時應考量的主要因素。除了一開始的法律與科學之外，也會提到現實生活中不可能存在的要素。內容或許有些嚴肅，但若想建構出一個完整的世界，請務必閱讀本書。

後半部則是範本。雖然也可以將自己的想法另外寫在筆記本上，或者存為電子檔，不過，填入範本中不但在設定上不易發生遺漏，也很容易彙整。我這次準備了五種不同世界模式，並針對各項目加以解說。範本的部分可以影印，或者用 Excel 編輯後使用，當然也可以根據自己的喜好加以修改。

另外，第三章刊載了填入各類範本的實際範例，並簡單說明創作理念。要是讀者也能一併作為參考，那就太好了。

無論你是否擅長設定世界觀，如果本書能有些許助益就再好不過了。衷心期盼你的創作活動能有更好的成果。

傳說中的巴別塔，於《舊約聖經‧創世紀》中登場。描繪大洪水過後想像中的世界。
諾亞的子孫打算蓋一座直通雲霄的建築，因此觸怒天神。於是天神打亂他們的語言，以阻止人類建造通天塔。書中描繪的人物與建築讓人得以一窺當時的世界觀。許多畫家都畫過巴別塔，其中以布勒哲爾所畫的巴別塔（十六世紀）最為有名。不過，本圖為十七世紀的學者阿塔納奇歐斯‧基爾學的著作《巴別塔》（1679）中刊載的作品，由李維烏斯‧克雷爾所繪。

# 目次

# 第1章

## 世界觀創作解説

一個世界由許多部分組成。

首先要掌握有哪些不同元素，

並觀察各種元素有哪些功能。

本書針對各項目的重點加以解説，

希望讀者在閱讀過後，

還能進一步去深入了解。

# 了解現實世界

你可以在故事中創造自己的世界。
想要打造什麼樣的世界是你的自由，但得先把一切都決定好。

## 故事的三大主軸

在創作漫畫、電玩、小說以及動漫等的故事時，必須有三大主軸，也就是角色、故事情節以及世界觀。這三大主軸如果設定不明確，就沒辦法寫出故事嗎？這個問題其實一言難盡，但只要其中一個主軸有個大方向，就能寫出故事來。而那個主軸就是世界觀。

## 設定不明確會怎麼樣？

「那世界觀只要隨便想想就行了！」這個結論未免言之過早。許多故事都很注重世界觀，即使並非如此，要是在沒有明確設定的情況下就開始寫故事，有時會發生「奇怪，在這個世界做這樣的事不違法嗎？」「這個地方有什麼交通工具？」等內容對不上或者有矛盾的狀況。雖然也可以在每次發生問題時才去設定或修改，但也常出現新的矛盾。

## 如何構思？

設定世界觀，也就是要打造一個新世界。聽到這句話，或許很多人躍躍欲試，但同時也會有人不知該從何處著手，只能坐困愁城。是什麼樣的地方？是否四季分明？有什麼物種？人們如何生活？是不是貨幣經濟？有什麼法律規定？政治局勢如何？一般民眾的經濟狀況如何？以上只是幾個例子，而且這些項目都還得再深入探討。你或許會想，「這些跟故事又沒關係，而且也不會特別提到，不用去想吧！」但故事中的人物就活在那裡。他們在故事裡吃飯，在某個地方睡覺，跟別人往來，並且跟社會產生連結。故事裡很難完全不提到這些細節。打倒魔王、歷經重重冒險的勇士並非不食人間煙火。

言歸正傳，想要從無到有寫出一個故事的確很難，也很辛苦。既然如此，我們可以拿現有的元素來參考，也就是以現實世界為範本。

## 了解現實世界

現實世界由許多國家、許多人建構出了諸多不同的歷史，在這當中也建立了許多制度。我們可以將這些歷史與制度排列組合，試著打造自己的世界。這麼做是不是就稍微降低了一點創造世界的難度呢？雖說如此，但要這麼做就得了解這個世界的許多事才行。所以本書在一開始，就為讀者介紹創造自己的世界所需具備的基本要素與知識。希望讀者在閱讀過後，也能自己動手查查看。

# 世界由哪些要素組成？

## 1　歷史
 P.008

世界、國家與城鎮如何形成？又是如何發展至今？

## 2　文化
 P.010

由大眾創造，與歷史一同改變形態。文化為世界帶來色彩。

## 3　宗教

P.012

人們信神，且遵從神的旨意度過每一天。這樣就能得救，再苦也熬得過。

## 4　國家
P.015

當人們聚集成大眾，必然會產生掌管大眾的國家。上位者是誰？國民能不能自由過生活？

## 5　階級

P.016

人並非生而平等。過去也曾有過在上位者專擅妄為，在下位者出於恐懼只能順從的時代。

## 6　地形、氣候
P.019

地球上有許多區域，地形與氣候為區域特徵之一。人們走在什麼樣的天空下呢？

## 7　食物

P.021

料理為故事賦予色彩。每一道料理都是因為人們的靈感、創意與用心才得以誕生。

## 8　人口

 P.023

人口愈多，世界能發展的空間就愈大，但需要一定的平衡。

## 9　國市區鄉村與其他區域的關係
P.024

故事中的人物不只活在一個區域裡，讓我們創造更廣闊的世界吧！
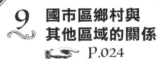

## 10　經濟
 P.026

金錢理所當然地存在於你我的生活中，很難建構出沒有金錢的世界。故事中的人物經濟狀況如何？

## 11　技術發展

技術發展
 P.028

人類善用智慧一點一點地讓生活變得更輕鬆富足，而技術發展仍在進行當中。

## 12　奇幻元素
 P.032

既然是被創造出來的世界，就算有任何不可思議之處也不成問題。試著打造出一個屬於你自己的不可思議世界吧！

chapter

# 1
# 歷史

## 世界、國家與城鎮如何形成？又是如何發展至今？

## 留意世界觀的矛盾之處

接下來要透過具體的例子，為讀者講解世界由哪些要素組成，針對這些要素又該考量些什麼。如何設定要素會影響到登場人物的行動與想法，就算一開始是「大概是這種感覺」的模糊設定也無妨，在加入各項要素的過程中，自然就會知道「因為○○的設定是那樣，□□不是這樣就會顯得很奇怪」。基本上世界觀由你決定，因此只要留意不出現矛盾就好。

## 起源於神話的國家

說到每個國家、每個地方一定會有的，首先是歷史。每個地方都是因為前人累積下來的種種，才得以成立。那可能是前進（發展），也可能是後退（衰退）。無論是前進還是後退，都像是地層般在層層堆疊成歷史。

一個國家直到成立為止，會出現神話，也會有人為的產物。神話為人們口耳相傳的諸神傳說。舉例來說，日本就有「國家誕生」的故事。

除了日本神話之外，還有希臘神話、北歐神話以及印度神話等。以故事來說都是很有意思的作品。因此也有一說，故事的模式來自於神話。

若是想打造奇幻世界，一定要讀讀世界各國的神話。不僅可從中學到國家如何成立，應該也能在想要寫一個奇幻事件時派上用場。

## 人們所建立的國家

接著來看看歷史課本當中所記載，由人們建立的國家。還記得日本這個國家怎麼來的嗎？

後來被稱為日本的這個地方，從前被中國稱為「倭」，此處曾有許多國家。後來發展為以卑彌呼為女王的邪馬台國，接著一度改變體制，成為大和朝廷。聖德太子（廄戶王）執政時期建立了中央集權制度，在壬申之亂取得勝利的天武天皇下令編纂《日本書紀》，因此日本延續至今的體制得以確立……就是這樣的狀況。

其他國家又是如何呢？曾為英國殖民地的美國因為反抗英國統治，祕密策畫獨立，在法國、西班牙的協助下打贏獨立戰爭，成為獨立國家。

曾經殖民美國的大英帝國則是由四個區域組成的國家，因此英國的選手在足球或橄欖球的世界大賽中是用英格蘭等名稱參賽，而不是英國。

## 不同的歷史
## 會帶來什麼變化？

最後要來想想看，不同的歷史會給故事人物帶來什麼變化。

首先是經歷了不同歷史，國家的發展歷程因此也不一樣（不僅是歷史，也會因為該國的資源或地形等因素而產生變化）。歷屆領導者如何引領國家前進，決定了一個國家能否長治久安。

接著是「國民情感」。假設過去曾跟某個國家發生過戰爭，無論打贏還是打輸，對於敵國的情感肯定不同於其他國家。而這份情感，也會隨著時間過去而產生變化。曾經參與過戰爭的國民會有比較強烈的情感，然而數百年過後，也會有國民心想，「雖然在課文中讀過，但沒什麼特別的感覺」。

雖然前者與後者都是同一個國家的國民，卻有相當不同的想法。這就是一般所謂的代溝，是因為經歷了不同的歷史而產生。

## 國家誕生

天上諸神決定派二神「將漂浮在海上的國土聚集成它應有的形狀」，此時被選派的即是男神伊耶那岐命，以及女神伊耶那美命。二神帶著諸神所授予的天沼矛來到天之浮橋，翻攪海水後提起長矛。於是從矛尖滴落的海水積聚成淤能碁呂島，這就是日本國土的第一座島嶼。

國家誕生的過程至此尚未結束。二神降臨該島，建造了天之御柱與八尋殿，並且共結連理。隨後二神交合，依序產下以下諸島：

● 淡道之穗之狹別島（淡路島）
● 伊予之二名島（四國）
● 隱伎之三子島（隱岐島）
● 筑紫島（九州）
● 伊伎島
● 津島（對馬）
● 佐度島
● 大倭豐秋津島（本州）

由於二神首先產下的是這八座島嶼，這個國家的諸多名稱當中因此便有了「大八島國」這個稱號。國家誕生這件大事至此告一段落。

chapter
# 2
# 文化

由大眾創造，與歷史一同改變形態。
文化為世界帶來色彩。

## 何謂文化

　　首先來看一下文化的定義。查閱《數位版大辭泉》，可看到以下內容（雖然還有另一項，但與本文意旨不符，因此在此割愛不提）。

　　①人類所有的生活方式。人類靠一己之力建構出的有形與無形之所有成果。每個民族、每個地方、每個社會皆有其固有文化，透過學習得以傳承，經由相互交流而能發展。又作「culture」、「日本的」、「事物間的交流」。

　　②尤其是指①當中的哲學、藝術、科學、宗教等精神活動及其產物。物質性的產物被稱為文明，與文化有所區別。

　　雖然寫得讓人有些不容易看懂，不過簡單來說，文化可說是在地人代代傳承下來的風俗習慣。

## 了解其他國家的文化

　　除了日本以外，我們也來看看其他國家的文化吧！首先是對日本影響很大的中國。我們用得理所當然的漢字傳自於中國，除此之外，還有許多知識與物品也都是來自於中國。

　　雖然如此，若是問到現今的日本與中國是否為相似的國家，倒也不盡然。因為日本在引進中國文化之後，孕育出自己獨特的文化。不過，要是沒有從中國傳入任何東西，日本或許會變成一個完全不同的國家。

　　言歸正傳，我們所知道的中國是什麼形象呢？首先浮現於腦海中的，應該是「熊貓」、「旗袍」以及「功夫」吧！

　　熊貓的棲息地在中國四川省中部、北部，以及甘肅省的南端。熊貓的可愛模

樣，在日本的動物園裡也大受歡迎。

旗袍原本是滿族（居住於中國東北地區的民族）的女性服裝，功夫則為中國拳法，類似於日本的空手道。

只要思考一下就會知道，現代中國女性平時並不穿旗袍。儘管如此，許多人一想到中國，就會想到旗袍。姑且不論中國人怎麼想，旗袍是中國文化的一部分。

在創造一個國家的時候，要是也像這樣設定某種象徵，應該就能讓那個國家更有特色。這個象徵可以是物品，也可以是人。

## 也有「無形」的文化

以上針對一開始提到的，字典當中對「有形」文化的定義加以探討。那麼「無形」文化又是什麼呢？舉例來說，「侘寂」是日本人的價值觀之一。翻閱字典想找出「侘寂」這兩個字是找不到的，得分別找出「侘」與「寂」，才能查到這個詞的涵義。查閱字典會看到以下說明（以下部分摘錄自《日本國語大辭典》）。

**侘為茶道、俳諧等所謂的沉靜雅趣。簡樸中的沉靜寂寥感。**

**寂為古樸而有韻味。沉靜雅趣。樸實風韻。寂寥。靜寂雅趣。**

聽到「侘寂」兩字或許會浮現「大概是這樣」的印象，然而並沒有多少人了解其正確涵義。簡單歸納一下侘寂兩字的涵義，大概可說是簡樸、沉靜又有韻味。這個「侘寂」對日本人來說很熟悉，對外國人而言卻是日本特有的價值觀。因為這就是日本文化。

無形文化指的就是這樣的價值觀、想法以及常識。或許也可以說是國民特性或風俗人情。像這種所有國民「平時並沒

有注意到，卻根深蒂固」的價值觀，別的國家應該也有。要是你有出國旅遊過，或許也曾因為想法上的差異而驚訝不已。

日本人雖然也知道在美國給小費是常識，但是依然對以支付小費為前提的會計方法等做法感到新奇。

## 考量地方文化

不僅國家有文化，每個地方也都有文化。就算是在稱不上國土廣大的日本，各地也都有各自的風俗人情。舉例來說，如何過新年、如何舉辦婚禮（有包禮金的做法，也有繳交會費的做法），或是烹調方式等，每個地方都有不同的做法。

在創造一個世界的時候，要是也創作出這樣的文化，就能讓那個世界更有特色。如果能安排一個並非當地土生土長的角色出場，就更容易突顯其特色。

chapter
# 3
# 宗教

**人們信神，且遵從神的旨意度過每一天。**
**這樣就能得救，再苦也熬得過。**

## 信仰會改變生活

宗教對故事人物造成的影響和文化很類似，其價值觀與想法會因此而改變。宗教所帶來的影響比文化更強烈，因為信仰是與自己的約定。

大家都說日本人沒什麼宗教信仰。大多數人在十二月下旬過聖誕節，跨完年則去參拜。或許有人覺得理所當然，但仔細想想卻是頗為奇怪的行為。

聖誕節是慶祝耶穌基督誕生的日子，新年參拜則是去神社或佛寺。神社、佛寺裡只有佛跟其他神明，當然沒有耶穌基督。

也就是說，那是針對不同的神或佛而應對的活動。

雖說如此，聖誕節在日本就是一項活動，很少有人是真的在慶祝耶穌誕生。而新年參拜雖是去參拜神或佛，但不了解那究竟是什麼神佛的人也不在少數，只知道是保佑○○的神明這樣的程度而已。

如此不像是對自己的信仰或心靈寄託有什麼強烈的想法，因為日本人雖然敬神卻不拘泥於形式，而且日本是對此寬容的國家。這是因為日本這個國家的人原本就不是一神論，而是信仰八百萬神明的緣故。八百萬是「為數眾多」的意思。除了神社裡供奉的神明之外，日本人認為世間萬物皆有神靈寄宿其中，山林、河川、自然現象以及長久珍惜使用的物品，都會幻化成付喪神。

神明就像這樣存在於你我身邊，貼近你我的生活。從虔誠信徒的眼中看來或許罪不可赦，不過日本人對神靈各有自己的一套解讀。日本當然也有無神論者，而日本人對此並不會抱持否定的態度。

## 對信仰有嚴格規範的
## 國家之各種習慣

不同於對宗教寬容的日本，我們接著來看看對信仰有嚴格規範的宗教。

以嚴格規範而聞名者為伊斯蘭教。伊斯蘭教與佛教、基督教並列為世界三大宗教，信徒人數眾多。

伊斯蘭教信奉阿拉為全能之神，需履行幾項義務，例如做禮拜和禁食等。無論是哪一項都會對生活造成很大的影響。

聽到禁食這兩個字，或許有人會感到訝異。做禮拜對大多數的日本人來說，可能也是件新奇的事。基督教亦是如此，必須定期向神禱告，因此得留下時間來做這件事。不過對教徒來說，這並不是特地找時間，而是自然養成的習慣。

## 隨著時代
## 而改變的宗教

以前日本也有很多人信神。要是發生天災，就擔心是「山神生氣了」；若是發生那個時代的科學無法證明的現象，就認為是「神所帶來的奇蹟」而驚訝不已。一旦發生大事，無論是好是壞都會看作是「神之手」造成的。

如今大部分的事都可以用科學來證明或說明，不再像以前那樣必須把原因歸諸於神靈。這也可以說是形成現今日本宗教觀的原因之一吧！

相反地，要是你想創造的世界，是江戶時代或中世紀歐洲等科學尚未發展的時代，或許就該把信神的人口比例設定得比現代還要高。尤其當時跟現在不一樣，一旦生病往往就會喪命，所以應該有不少人會把最後一根救命稻草寄託在神明身上。

即使不打算創造出明確的宗教，或許也該注意到，人們的價值觀當中往往會強烈地反映出神的存在。要是不信神，認為世上沒有神，就要寫出人們不相信的理由。

## 故事中可以有
## 自創的宗教

世界上到底有多少種宗教？這個問題很難回答。因為既有世界知名的宗教，也有光靠一個人成為教祖就發展起來的小宗教。佛教也並非只有一個派別，而是有許多宗派。

因此，在你所創造的世界當中也可以有自創的宗教。這個宗教可以是多數國民信奉的宗教，也可以是當地居民祕密信仰的宗教。此時，只要注意不詆毀現有的宗教就行了。

 世界三大宗教

| 佛教 | 六世紀中葉傳入日本。佛教說人生是苦，因此教人如何離苦得樂，達到自由的境界。創始人為印度的喬達摩・悉達多（也有佛陀等稱號）。悉達多開悟後成為釋迦牟尼佛，講授佛法教化世人。「四苦八苦」這個四字成語來自於佛陀的教誨。除了基本的四苦（生老病死）之外，再加上與所愛之人分離的「愛別離苦」、與自己怨恨之人碰頭的「怨憎會苦」、冀求而得不到的「求不得苦」以及身心皆苦的「五陰盛苦」，合稱為八苦。 |
|---|---|
| 基督教 | 信奉耶穌基督教誨的宗教。《聖經》為其經典，有舊約和新約兩種。<br><br>《舊約聖經》在公元前大約花費千年的時間寫成，也是猶太教的聖經。《新約聖經》記述了耶穌的生平與言行，以及其弟子的傳教活動等。<br><br>基本教誨為愛（聖愛）。記述耶穌言行的福音書當中寫著：「你要盡心、盡性、盡意愛你的神。你要愛鄰人，像愛自己一樣。」 |
| 伊斯蘭教 | 在阿拉伯半島麥加城的洞窟裡，穆罕默德受到唯一真神阿拉的啟示，因而開創了伊斯蘭教。匯集了這些啟示的《可蘭經》為其經典。伊斯蘭教的信徒稱為穆斯林。<br><br>伊斯蘭教相信真主、天使、經典、先知、後世以及前定（每個人的所做所為終將接受神的審判）的存在（六信），並將證信、禮拜、齋戒、天課（用於救濟窮人的宗教稅）以及朝覲定為義務（五功）。不可崇拜偶像，不可繪製真神的畫像。 |

# 4
# 國家

當人們聚集成大眾，必然會產生掌管大眾的國家。
上位者是誰？國民能不能自由過生活？

日本人活得自由自在，不受任何人擺布。然而，不過就在150年前，江戶的幕府政權仍是國家最高權力機關，天皇則被定位為國家與國民的象徵。

那麼你所創造的世界又是如何？奇幻世界裡往往會有國王，這麼一來就跟現代日本的國家形式不同。國家有哪些類型呢？

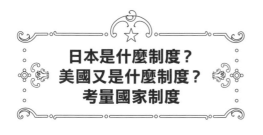

## 日本是什麼制度？
## 美國又是什麼制度？
## 考量國家制度

同樣是國家，卻有許多不同的類型，可簡單分成「君主制」與「民主制」兩種。也就是由皇帝或國王等絕對權力者統治的君主制，以及主權在民——亦即國家依照多數國民意見進行決策的類型。

就算是君主制，也有由貴族這種特權階級主導國家決策，並無絕對權力的「貴族制」。此外還有透過憲法等民主方式來約束君主行為的「君主立憲制」。

另外也有雖為民主制，實際上卻是由部分資本家擔任君主或貴族角色，透過財富來統治國家的類型。

民主制即為「三權分立」，大多分成制定法律的「立法」、根據法律執行國家政策的「行政」，以及根據法律進行審判的「司法」。三權相互制衡，以避免成為獨裁體制。如果是君主制或貴族制，不可否認也可能因為他們獨斷獨行而濫用三權。另外也有稅金的問題，可能單方面造成稅金負擔不公。試著想想看你所創造的世界適合哪種類型。

國家實例如下：

● 日本：民主主義

象徵天皇制，天皇並無實權。行政由議會選出的內閣總理大臣統領，最高法院法官由內閣任命，國民可行使不信任投票權。

● 美利堅合眾國：民主主義

總統為國家元首，由國民的間接選舉選出。兩院制議會行使監察權。

chapter

# 5

# 階級

人並非生而平等。過去也曾有過在上位者專擅妄為，
在下位者出於恐懼只能順從的時代。

## 貴族還是平民

直到江戶時代為止，日本都還有階級制度。武士位階最高，其下有農民和商人（雖然最有錢的是商人）。不只是日本，世界各國都有階級制度。最讓人容易聯想的是皇族與貴族，各階級身分的簡單排序如下：

**皇族　貴族　平民　非定居民　奴隸**

平民就是一般人，占了國民人數的大半。如果是君主制，平民往往苦於沉重的租稅負擔。

非定居民指的是無固定住所的人，如同字面所示。有些人隸屬於某個國家或城市，也有些人是自由無拘束的流浪民族。

奴隸階級代代相傳，很難翻身。另外，也有人是因為戰爭或經濟活動的結果才成為奴隸。

除了這些身分以外，還有宗教人士。視國家結構而定，宗教人士可能獲得幾乎是貴族般的待遇，也可能擁有特權。神父雖有宗教信仰，但利用特權做壞事的情況並不罕見。

## 脫離原有身分

想要從平民變成皇族或貴族，幾乎是不可能的事。相反地，皇族、貴族倒是可能因為跟平民結婚而失去原有身分。身分地位懸殊的戀情是很受歡迎的戀愛故事，然而考量到現實層面的話，這條路遠比想像的還要辛苦，因為他們將不再享有原本的富裕生活。

想脫離平民身分，成為軍事貴族（騎士）是方法之一。以日本來說就是武士。

戰亂時期可能因為立下大功、獲得提拔，而成為貴族。順帶一提，日本農民要是把孩子送到武士的家當養子，即可宣稱自己的身分為武士。雖說如此，武家也只有在後繼無人時，才會收養孩子。

當皇家滅絕或者不受人民擁戴時，也曾有過由貴族繼承王位的例子。另外，貴族也可能跟他們的支持者一同獨立，建立新王國。

## 軍階

軍階大致可分成元帥、軍官、准軍官、士官以及士兵。為了方便起見，此處將各階級以上、中、少來標示，不過也有一等、二等的標示方法。每個階級都有好幾個名稱，這次參考了二次世界大戰時的日本軍銜以及多本虛構小說，簡單列出如下。有的將官階級還有一級上將或代將等，有的則是沒有准將或准校。

| 階級（從高到低依序列出） | 階級分類 | 階級說明 |
|---|---|---|
| **大元帥**<br>**元帥** | **元帥** | 戰亂等時期如有許多上將，就會選出元帥作為領導者。或者在上將退休後授予此榮譽稱號。大元帥有時由國家元首兼任。 |
| **○將官階級**<br>（各部或各隊的指揮官）<br>上將<br>中將<br>少將<br>准將 | **軍官** | 軍隊的精英。由軍事院校畢業生擔任幹部或幹部候選人以承擔任務。 |
| **○校官階級**<br>（中規模部隊的指揮官）<br>上校<br>中校<br>少校<br>准校 | | |
| **○尉官階級**<br>（小規模部隊的指揮官）<br>上尉<br>中尉<br>少尉 | | |
| **准尉** | **準軍官** | 若是由士兵晉升而來，其待遇相當於軍官。 |
| **上士**<br>**中士**<br>**下士** | **士官** | 除了輔佐軍官之外，有時也擔任極小規模部隊的指揮官。 |
| **上等兵**<br>**一等兵**<br>**二等兵** | **士兵** | 普通士兵。 |

## 軍方實戰部隊的組織單位

以下簡單彙整了陸軍常見的軍事單位。

實際上可能分得更細，或者因時代或區域而有不同的定義，僅供參考。

| 軍 | 下轄數個師 |
|---|---|
| 師 | 下轄數個旅、數個團。 |
| 旅 | 下轄數個團、數個營。 |
| 團 | 下轄數個營或數個連，也可能同時下轄營與連。 |
| 營 | 下轄數個連 |
| 連 | 下轄數個排 |
| 排 | 基本上是實戰部隊的最小單位，有時還會再細分為班和伍。 |

## 歐洲的爵位

歐洲貴族爵位一覽表。表格中的外文基本上為英文名稱。日本也有公侯伯子男的爵位，

不過那是因為明治時代以中國爵位為西洋爵位命名的緣故，性質有所不同。

| 公爵 | Duke。一般為地位最高的貴族。「大公」則是皇族爵位或小國國君的稱號。 |
|---|---|
| 邊境伯 | Markgraf（德語）。邊境地區握有實權的貴族。 |
| 侯爵 | Marquess。據說此爵位起源於邊境伯。 |
| 伯爵 | Earl、Count。可追溯自中世紀前期歐洲的法蘭克王國的官吏。 |
| 子爵 | Viscount。伯爵的兒子或弟弟有時也會被稱為子爵。 |
| 男爵 | Baron。五級爵位中最低的一級。 |

## 一般企業的職位序列

以下依序列出現代日本一般企業的常見職位。

| CEO、COO、CTO | 依序為執行長、營運長及技術長的縮寫。大多為兼任，例如會長兼任CEO等，與以下職位序列有所區別。 |
|---|---|
| 會長 | 一般為名譽職，大多由退休後的社長擔任此一職位。 |
| 代表取締役社長 | 在對外代表公司的代表取締役當中，位階最高且負有經營責任。 |
| 副社長 | 取締役（也有人不具代表權，以下同）。位居高位，僅次於社長。 |
| 專務、常務 | 取締役。一般以專務的位階為高。如果公司裡沒有副社長，有時會由專務對外代表公司。常務在取締役當中位居上位。 |
| 部長、課長、組長 | 部、課、組的頭頭。依照責任範圍大小由左至右列出。 |
| 主任 | 小規模團體或團隊的領導者。 |
| 一般社員 | 也稱為普通職員。沒有頭銜的職員。 |

# 6

# 地形、氣候

**地球上有許多區域，地形與氣候為區域特徵之一。
人們走在什麼樣的天空下呢？**

## 故事中的人物住在
## 海邊還是山邊？

各位住在什麼樣的地方？平原、山區附近、海邊、填海造地，或者有許多坡道的地方等，世界上有許多不同地形。

關於故事人物所住的地方，或許很多人都有思考過這個問題。住的地方靠海還是靠山倒是容易決定。視故事情節而定，有時必須將背景設定在海或山的附近。

那麼，住在山邊或海邊能有同樣的生活方式嗎？現代生活有電氣製品和牢固的建築物，所以不會有太大的差異，不過靠山會有靠山的生活方式、煩惱與問題，靠海也會有靠海的生活方式、煩惱與問題。若是將時代背景設定為中世紀，則免不了會受到地緣關係的影響，或許就得採取相關對策。

## 從氣候來想像
## 地理環境

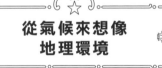

氣候會因為地理位置不同，而出現大幅變化。氣溫、濕度、日照、風力強弱以及降雨量。北國寒冷而南國溫暖。氣候也會因為有無山脈或洋流而產生變化。

地形與氣候皆起因於自然現象，因此沒有哪片土地是「百分之百完美」。不過，只要掌握一般地形與氣候的大概方向，就容易想像其地理環境。舉例來說，赤道附近的土地為高溫多濕的熱帶多雨氣候，有熱帶雨林。

順帶一提，日本除了北海道與沖繩之外，都是溫帶氣候（冬冷夏熱）。西歐、南美等也有部分地區呈現同樣的分布。

## 試著製作地圖吧！

創作具獨創性的舞台時，如果先把地圖做好會很方便。無論是國家還是城鎮皆是如此。

在這個舞台中，人物登場的地點應該會有好幾個。要是主角是現代高中生，他會出現在家裡、學校、打工地點以及常去玩的地方等。製作簡易的地圖，就是為了事先決定好這些地點的相對位置。不需要很詳細，簡單畫一畫就行了。

畫好了地圖，就能明確定出往返於各個地點所需要的交通時間。要是沒有明確定出時間，隨著故事情節的推展，交通時間有可能出現矛盾。如果在每次交通往返時才決定所需時間，更是有可能出現矛盾。

從家裡到學校（搭交通工具）要幾分鐘？從家裡到打工地點要幾分鐘？從學校到打工地點要幾分鐘？試著像這樣先定好時間吧！只要以主角常用的交通工具來決定時間就行了。只是寫下時間也可以，但如果把它畫成地圖，透過圖像更容易掌握狀況。

## 寒冷國家與炎熱國家的不同穿著打扮與食物

如果氣候與地形跟故事內容沒有密切關係，就不需要逐一決定其細節。但要是沒有先決定好環境因素的話，就會沒有定案。

首先是服裝。住在寒冷地帶的人所穿的衣服，當然會跟住在溫暖地帶的人不一樣。認真說起來，就連衣服材質也會有所不同。雖然不需要明確設定衣服的材質，但要是能先想想看材質是否通風、重量和色調如何，就能更生動地勾勒出登場人物的動作差異。

其次為食材。看看世界各國的主食就知道，氣候與地理環境會影響到作物生長。日本以米飯為主食，歐洲則是麵包等，也有一些國家以馬鈴薯為主食。

國內要是無法生產，就要想想看能不能進口。住在不靠海的地方，如果想吃魚該怎麼辦？應該可以從其他地方買來吃吧，雖然也要看食品保存方式以及交通運輸的發達程度而定。不過，如果是以進口的方式，可能會比其他食物還要來得貴，甚至被視為奢侈品。

登場人物在故事裡幾乎一定是穿著衣服，而用餐場面也不罕見。先把氣候跟地形決定好，就能讓字裡行間顯得更真實。先把這些事情想好，應該也不會有什麼損失。

# 7

# 食物

料理為故事賦予色彩。
每一道料理都是因為人們的靈感、創意與用心才得以誕生。

大家都喜歡吃什麼呢？現在在日本不但吃得到日本菜，想吃世界各國的料理也不是什麼難事。可以在餐廳吃，買得到食材的話也能自己做做看。只要在網路上查一下，就能輕鬆找到食譜（當然也有難以取得的食譜）。

不過，各位喜歡的食物在江戶時代或中世紀歐洲吃得到嗎？仔細查查看或許會發現，很多料理都吃不到。這裡會出現幾種狀況。

## 想吃東西
## 要看是什麼時代

原因之一是那道料理還沒有誕生。咖哩是現代日本人常吃的食物，但是很難想像江戶時代的人吃咖哩的樣子吧！沒錯，因為在那個時代，咖哩還沒有傳入日本。咖哩粉是在明治時代才傳入日本。

就像這樣，有些食譜可能在那個時代還沒有出現。至於食材也是一樣。如今在超市一定看得到的大白菜，是在1797年才從中國傳入，相較之下還不算久遠。不過當時傳入的是不結球白菜，跟一般常見的大白菜外形略有不同（大白菜下方並不是圓滾滾的）。現在常見的大白菜直到1866年才傳入日本，時值江戶幕府末年，大白菜的歷史並不如想像中悠久。這是不是很令人意外呢？接著看看歐洲。法式蔬菜燉肉、馬鈴薯泥等西式料理不可或缺的馬鈴薯，也要到十六世紀左右才傳入歐洲。十六世紀為近代，因此在構思中世紀歐洲風格的世界時，要是出現馬鈴薯就會顯得不自然。

## 中世紀沒有冰箱！
## 那都吃些什麼？

我想不少人家裡的冰箱都有一公升的牛奶紙盒，平常會分幾次把牛奶喝完。冰箱只要插電，裡面就能保持低溫，可延長食材的保存期限。

不過，很難想像中世紀歐洲等時代的奇幻世界裡有冰箱。假設作者將其設定為「科技高度發展的世界」，所以有冰箱可用……這跟中世紀歐洲的風格會不會不搭呢？任何會破壞世界觀的要素都應該盡量避開。因此，必須趁新鮮享用的料理就無法存放，很難有機會吃到。運送時也不像現在有保冷劑等便利的產品，而且以前冰塊是很珍貴的東西。那麼，以前的人如何保存食物呢？方法之一是使用鹽巴。容易腐敗的食物只要用鹽巴醃漬，就能延長保存期限。日本從繩文時代開始就有鹽漬食物。鹽巴在我們的飲食中扮演了很重要的角色。話說回來，基本上追求美味的食物是我們的天性。想吃美食的欲望自古以來人人都有。光是為了保存食物的話，只要用鹽巴就行了，不過，我們也知道如何讓食物吃起來更美味，例如用香辛料來調味或改變味道。

香辛料的原料——也就是植物——主要栽種於印度及印尼，據說花費了相當龐大的金額才使其得以流通。為了尋覓香辛料，甚至有人乘船冒險，有興趣的讀者可以翻閱一下歷史資料。

像這樣保存下來的食物，可以用烤的，也或許是煮的方式，在煮熟後食用。

## 故事中的人物
## 也可以自創料理

無論是食譜、食材或者保存方式，都必須翻閱歷史資料加以確認。另外還有產地的問題。綜合以上資料，可以先想想你在真實世界裡都吃些什麼。

要是想依照史實來描述，上述的「那個時代沒有的」料理、食材或者烹調方式就難以登場。但若是沒有那麼嚴格的規定，只要花點巧思即可使其登場。

● 讓故事中的人物做出類似的料理。

● 不需要明確寫出食材名稱，只要描述其特徵即可。或者也可以創作出類似食材。

換句話說，只要設定為自創料理就行了。這麼一來，就算從歷史的角度看來，也不足為奇。

# 8

# 人口

人口愈多，世界能發展的空間就愈大，
但也需要一定的平衡。

## 人口多的地方就能種小麥、烤麵包！

你或許會想，有必要連人口都考慮進去嗎？但就像俗話說，「國民是國家最重要的財富」一樣，我們人類的存在很重要。以前的貴族雖然可以任性妄為，但要是沒有平民，他們也會感到困擾。「有多少人口」對我們「能做些什麼」影響甚大。聽到人口這兩個字或許沒什麼概念，那我們就把規模縮小一點吧！

舉例來說，有一個人想烤麵包。假設他連材料都得自己準備，不做點什麼是不行的吧？首先必須種小麥。從犁地開始，日復一日照顧農作物。其實一開始還得先找到適合農作物生長的土地。光是要準備一項材料就很累人。材料準備好了之後，必須要有烘烤麵包的設備，也就是烤箱或麵包窯等。再寫下去就太冗長了，到此先告一段落，但由此可知光靠一個人會有多辛苦。

如果人數增加，又會是什麼狀況呢？種小麥的人、製作烤箱的人，以及做麵包的人。像這樣分工合作，每個人的負擔就會減輕許多。這麼一來，想要大量生產也沒問題。人越多，能做的事就越多。於是社會就這麼形成，區域發展為國家。

## 年齡結構如何設定？可以借助科學的力量

日本的人口有一億數千萬人之多。這個數目是因為科學與醫療的進步而增加，並非從以前就這樣。

那麼，如果其中有一億人是小孩會怎麼樣？國家還能像現在這樣正常運作嗎？感覺有點困難。

除了人口之外，國民年齡結構的平衡也很重要。孩子生得少則前景堪憂，沒有老人家則難以傳承教育；少了活躍於職場的中壯年，生產力就會低落。

反過來說，也可以將人口平衡設定為國家與區域的問題。另外，如果是近未來或科幻世界，就能借助科學的力量來解決這些問題。比方說，全都是孩子的世界或許可能存在。請試著想一想人口與人口平衡的問題，只要有一定程度的考慮就行了。

chapter

# 9

# 國市區鄉村與
# 其他區域的關係

故事中的人物不只活在一個區域裡，
讓我們創造更廣闊的世界吧！

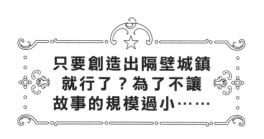

## 只要創造出隔壁城鎮就行了？為了不讓故事的規模過小……

故事發生在小城鎮裡，就算情節繼續往前推展，故事中的人物頂多只會到隔壁城鎮而已。既然是這樣，你或許會認為只要創造出一個城鎮跟隔壁城鎮就行了。這樣的想法並沒有錯，但也太過簡單。

人口那一章提到，人越多，能做的事越多，於是社會就這麼形成。幾乎所有國家和區域都會出現市區鄉等行政區。

接著要再一次以製作麵包為例。若是市這樣的行政單位，人口至少也有幾千人。只要土地沒問題，從種小麥到做麵包，甚至要做出相當數量的麵包，應該不是什麼難事吧！

但是光吃麵包沒辦法過活，而且應該也會想配肉、菜或魚。雖然一直都在強調飲食部分，可是要活下去，還得要有房子跟衣服才行，此外還需要多得數不清的其他物品。這麼多需求，有可能只靠幾千個人就搞定嗎？

這並不是說不可能，只是能做到的

地方大概少之又少。那又該怎麼辦呢？跟其他區域交流以取得必要物資等，或者也可以反過來將自己能供應的東西賣給對方，以賺取收益。換句話說，也就是進行交易。

所以光是只有一個城鎮，很難把故事從頭到尾說完。

## 城鎮如何形成？

要是跟城鎮有往來的區域都必須鉅細靡遺地加以考量，就會很辛苦。越是接近現代，跟其他區域的往來越多。

所以要先想想，那個城鎮是靠生產並販售什麼商品來賺取收益。採買物資固然重要，但沒有錢一切免談。應該會有國家、企業或團體大量採買城鎮生產的商品。對於這位大客戶，也要稍微想一下該如何設定。他為什麼會買那麼多商品呢？

接著要反向設定城鎮從哪裡買到物資。或許不是直接向某國、某地購買，而是從某間公司或某個商人那裡買到的。而那間公司或那個商人開店的地方，該設在哪裡才好？應該會是在物資容易取得與販

售的地方，如有港口的海邊、人多的城市，或者靠近大馬路的地方，城鎮裡的人有時也會去那裡買東西。試著想像一下那個地方。

看到這裡，或許有人會想：「故事裡面又不會提到，不用想這麼細吧？」那麼就以實際生活為例來思考。假設你的住處附近有超市和藥局，買得到生活用品，但衣服、家具等物品，卻得在每次需要時搭電車或坐車到很遠的地方去買。我想這樣的地方非常不自然。

仔細思索後，你大概已經了解，完全不離開城鎮生活是很難做到的。就像雖然住在東京，卻會去澀谷或新宿買衣服一樣。就算在澀谷什麼都買得到，也會因為需要辦某些事而離開澀谷吧！沒有明確的設定也無妨，先把故事人物可能會去的地方想好，就能讓你所想像的城鎮更加真實。

## 外來者的存在
## 讓故事變得有深度

「來了一個轉學生」是以前就有的故事模式。鄉下學校突然來了一個都市轉學生，這樣的故事是否似曾相識？對習慣鄉下生活的人來說，都市來的人顯得更特別。彼此都會感覺到隔閡。

不過，這是因為對鄉下和都市的設定都很明確的緣故。同樣是都市，卻有許多不同的類型。以前文提到的澀谷和新宿來說，同樣是都市，性質卻有所不同。澀谷有很多地方可以買東西，相較之下是年輕人會去的地方；來到廣闊的新宿無須擔心購物或外食的問題，不過也有不少辦公室設於此處。以這兩地來說，住起來的感覺跟街道給人的印象都不一樣。而這些都跟登場人物的設定有關。

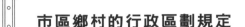

### 市區鄉村的行政區劃規定

村是最小的行政區劃，法律上並無特別規定。想要升級為町或市則有幾個條件，例如人口、車站、警察局等必要設施，以及市街地的比例等。規模大小依序為市、縣、區、鎮、鄉、村。

澀谷跟新宿距離並不算遠，以這兩地為例或許讓人難以想像，但要是有人分別來自於東京跟大阪，就不會被視為同樣都是「都市來的人」。東京跟大阪必須做不同設定，而登場人物的特色也會隨之產生變化。

就像這樣，即使主角不到外面去，也會有不少人來自外地，很難斷定主角不會受到外來者的影響。因此不只是故事裡的城鎮，也要留意到城鎮以外的地方才行。

025

# 10
# 經濟

**金錢理所當然地存在於你我的生活中，
很難建構出沒有金錢的世界。故事中的人物經濟狀況如何？**

有個東西與你我生活密切相關，那就是金錢。沒有錢，什麼都買不到，也沒辦法生活。貨幣誕生前靠的是以物易物，但無論哪一種方式，都必須是等價交換才行。貝殼曾經被當成貨幣使用，因此與金錢和經濟有關的漢字都常有「貝」字旁。

要是想了解經濟，無論是初學者也能看懂的解說書還是內容艱深的專業書籍，都能在書店和圖書館裡找到很多。經濟就是這麼複雜的一門學問，因此這裡也很難解說。此外，在創造世界時，如果得一項一項地做決定，那就太累人了。要是因此心生挫折可不划算，基本上掌握幾個重點就好。

## 資本主義還是共產主義？社會結構會改變工作方式

日本跟世界上大部分的國家都是資本主義。資本主義就是「自己的錢可以自己隨意使用。不過，有什麼虧損也是自己的責任」。大家小時候拿到的零用錢、打工或上班領到的薪水，應垓都是這樣使用的。手上的錢可能會增加，也可能減少。

金錢的使用方式因人而異，所以免不了會產生貧富差距。

相反地，共產主義的理念是「集體生產，財產共有」。成立公司時並不設立社長等職位，人人平等，而生產所得也平均分配。如此一來，既不會產生貧富差距，也無須聽從別人的命令，因此能快樂地工作。

然而這套體系有個重大缺陷。要是有人不工作會怎麼樣？那個人同樣也能拿到錢。這麼一來就不再平等了。另外，既然沒有負責人，也就沒有人該為他們的產品負責。這樣免不了會有粗製濫造的產品出現，如此一來營收也會減少，於是導致體系崩壞。

所以就出現了社會主義。社會主義的理念是事先決定好經濟體制，並且由國家分配國民所需物資，國民則依照國家計畫勞動生產。中國等國家就曾經採行過這個制度。

首先要把你的世界所採用的制度決定好，因為運用金錢的方式與工作方式也會隨之改變。

## 需不需要繳稅？

國家如何運作的？只要查查國家預算就會知道，國家在許多方面都要用錢，例如基礎建設、社會保障、教育及國防等。這些錢從哪裡來？答案是稅金與國債。

國債即為國家發行的債券（一種借錢的方式）。稅金則是我們每日繳交、就像是繳給國家或地方政府的手續費一樣的費用。繳納稅金即可享有多種公共服務。

中世紀時期當然也有租稅負擔。當時也曾因為租稅負擔過重，民不聊生。近代則有十八世紀法國瑪麗皇后時代能讓人想像如此情況。

故事當中大概不太會出現繳納稅金的場面，因此只要記得有些時代、有些地方的人民背負著沉重的租稅負擔。日本曾經有用米糧繳納的租稅制度。即使作物歉收，該繳交的量也不會因此而減少，所以人民忍飢受餓也不是什麼罕見的事。

## 故事中的人物
## 如何賺錢養活自己？

艱澀的話題到此為止，接下來要談談故事中的人物。他們基本上也是在社會生存、花錢購買必需品，因此常會出現買東西、用餐和住宿的場面。那麼你所創造的角色，是如何賺錢養活自己的？

時代背景如果是現代就很簡單。不是拿零用錢，就是打工或上班以賺取收入。但如果是奇幻故事，又會是怎麼樣？

比方說巫師。巫師可能任職於某處以賺取收入，不過「住在森林深處的女巫」也是常見的設定。雖然可以將其設定

為生活自給自足且離群索居，但既然要想，不妨也來想想收入來源。就像女巫的形象一樣，調配藥物賣給附近的村民如何？也許因為很有效，連商人都有所耳聞而前來搶購。另外，靠著馴龍獲取報酬的角色又是如何？首先要決定是否為自營作業者，或者隸屬於某個組織。如果是自營作業者，所有的收入都是自己的，但可能很難找到工作。加入同業公會等組織雖然得花點手續費，不過收入穩定。

而馴龍的報酬來自於何處？再怎麼說，光是打倒惡龍也沒有錢可拿（雖然也能賣掉龍皮、龍肉來換錢）。可能是向某人領取報酬，或有某個國家編列馴龍預算來支付費用。或許跟故事本身沒有直接的關係，不過，試著想一想金錢流向也不賴。

chapter

# 11
# 技術發展

人類善用智慧一點一點地讓生活變得更輕鬆富足，
而技術發展仍在進行當中。

從某種意義上來說，在打造奇幻世界時，最應該慎重決定的是技術方面的設定。技術發展到什麼程度會大幅影響人們的生活，或許跟故事本身沒有直接關係，但是登場人物的一舉一動，都會跟現代有所不同。

## 支撐你我生活的基礎建設

基礎建設（infrastructure）原本為下層結構之意，後來被引申為「支撐生活的基礎所需的建設」。

所謂生活的基礎如同字面所示，指的是缺少就會對居民的生活造成困擾的必需品，例如水、電及瓦斯等。除此之外，道路、鐵路等交通設施以及無線電塔等通訊設施，甚至連學校、醫院和公園也都包含在內。

對現在的我們來說，任何一項都不可或缺。當災害發生的時候，少了其中任何一項都會對生活造成莫大的影響（你或許認為，沒有公園也沒關係吧？不過，有些公園是防災公園，有設置儲備倉庫，以便在災害發生時派上用場）。

## 是否有電可用？

我想應該不難想像，中世紀歐洲的基礎建設並非樣樣齊全。沒有瓦斯仍可生火，雖然麻煩卻不成問題。當時的人們還不知道電的存在。我們用得理所當然的所有家電製品都無法使用，而且到了晚上伸手不見五指，行動大幅受限。但可以用火，因此戶外不至於完全沒有光源，不過戶外燈並不像現代這麼普及。所以那個時代的人，晚上基本上是不出門的。

希望你能注意到，只是因為當時沒有電，跟你我的生活就有這麼大的差異，應該會有很多事做不了，有很多不方便之處。不過，對故事中的人物來說，這些都是理所當然的。

順帶一提，根據記載，電的歷史可追溯到古希臘時期，當時的學者已發現電的存在。直到十七世紀，才有人以科學眼光來研究電能。實際可用的發電機大約誕生於1870年。

那麼供水系統呢？在日本，就算直接飲用從水龍頭流出來的水，也不會有健康上的疑慮。這麼了不起的事，得要有優質的淨水設備才能做到。只要出國旅遊就會知道，即使是現代，有些國家的人還是只能喝瓶裝水。

不過，河水不能直接飲用，很大一個原因是受到近代環境問題的影響。若是在中世紀時期，直接飲用河水大概也不會有問題。另外就是一般住家如何取水。住家附近有水源就沒問題，如果沒有該怎麼辦？或許是定期買水，或許會有商家前來兜售。如果是這樣，水就會是極為珍貴的資源。

## 通訊技術該如何解決？

手機是現代生活不可或缺的物品，原本的功能是通話，近年來則大多是連上網路來使用。無庸贅言，中世紀歐洲當然沒有網路可用。

電話又是如何呢？實際可用的電話，是在1876年由美國的格拉漢姆·貝爾所發明。這麼看來，中世紀果然沒有電話可用。

那中世紀的人如何互相聯絡？大概是托人帶口信或寫信吧！雖然也能靠烽火傳訊，但若是距離遙遠，就只能寫信了。

技術上的問題姑且不談，沒有足夠的聯絡方式是很麻煩的事。只要拉開一點距離，就無從得知對方的近況，也沒辦法傳達自己的想法。在冒險故事當中，一群人只要走散，就很難再碰頭。要是事先講好「走散了就在○○碰頭」，有這樣的設定或許也不錯。

## 道路是柏油路面？還是石子路面？

我們平常在道路行進，無論是步行、騎腳踏車或者開車，在路面上移動都沒有什麼問題，因為路面有經過人工鋪設整修。柏油路面不但平坦，也沒有石頭等遮蔽物。

中世紀時期雖然沒有柏油路面，但路面還是有鋪設。如果不是這樣，姑且不論步行，載貨馬車等也會崎嶇難行。換個角度來說，鋪設道路促進了人們彼此之間的交流。

不過，鋪設路面當然得花錢，也耗費人力。雖然路面崎嶇不平會很難去外地，但道路養護不是一個人就能辦到，因此鋪設路面基本上是由國家執行。資金充裕的國家會整修全國的道路，資金不充裕的國家則會以主要都市為優先，而鄉下等地方的路面或許仍是崎嶇不平。能走還算好，有些地方的道路就像獸徑一樣，或者有岩石擋路，不得不繞道而行。

希望你能理解，冒險家能輕鬆行走的道路不是理所當然的存在。

## 交通方式為步行？
## 故事中的人物
## 體力如何？

在現代生活中，想要從東京到大阪有哪些交通方式呢？一般是搭新幹線，或者搭飛機。如果有半天以上的時間，也可以開車或是搭客運。喜歡騎車的人，或許就會騎車去。另外也可以搭船，雖然這等於是在繞遠路。不趕時間的話，當然也可以走路或者騎腳踏車去。

現代就像這樣有許多種交通方式。考量到預算與所需時間，選擇適合自己的方式就行了。不過，中世紀時期當然不是這樣。因為不可能會有新幹線或飛機等交通工具。

那個時代的主要交通方式是步行，或者花錢坐馬車，但是乘坐馬車的費用應該沒有現今搭公車這麼便宜。而且鋪路技術有其限度，長時間乘坐馬車並不舒適。

關於徒步行走必須留意的是，交通往返時間以及登場人物的體力。如果只是去隔壁城鎮也就罷了，但是像冒險故事這類基本上需要長距離移動的狀況，要是沒有注意到這些，隨著故事情節的推展，就會顯得不自然。怎麼這麼快就到了？故事中的人物有用不完的體力？讀者可能會這麼想。前文也提過，當時的路面不像現在鋪得這麼好，所以會比現代更耗費體力。

接下來換個角度，來談談近未來或科幻故事中的交通工具吧！近年來正在開發的是自動駕駛車。緊急煞車等功能如今已經能做到，完全自動駕駛的車輛看來不會離我們太遙遠。在近未來的故事中常想像的交通工具應該是空中飛車吧！你是否曾經想像過空中也有道路，車輛與摩托車在空中奔馳的景象呢？

如今也已開發出可浮在空中的交通工具。

雖然還沒有自動駕駛車那麼好，但在我們有生之年，或許有機會搭乘。

無論是過去還是未來，只要是不會破壞當時的技術發展與世界觀的交通工具，就可以自行創造。

## 醫療是否發達？

據說在戰國時代，日本人的平均壽命大約是五十歲。從現代的角度看來，五十歲正值壯年。怎麼會這麼早死呢？原因之一是營養攝取不像現在這麼容易，另一個原因則是醫療不發達。

以前結核病是不治之症，新選組*的沖田總司也是死於結核病。當時結核病無法可治（如今則是可治療的）。

因為不知道怎麼治療，或因藥物尚未開發出來無法治療，導致平均壽命短。有時受了傷也會因為沒有消毒水，或者難以確保環境清潔，因而感染喪命，甚至連感冒都可能導致死亡。

＊日本幕末時期的親幕派武裝團體，主要在京都活動，負責維持當地治安。

請先試著想想看，在那個世界裡要是生病或受傷會怎麼樣？有沒有醫院？有沒有醫生？治療費用是不是人人都負擔得起？很難想像在征討魔土的旅途中能夠毫髮無傷。請先決定好受了傷要如何治療。

## 科學發展會改變價值觀

人類歷經漫長的歷史才解開世上種種不可思議之謎。地球是圓的，而且不停地轉動。重力確實存在。為什麼會下雨？雲怎麼不會掉下來？人類以外的動物抱持著什麼樣的行為理論？曾被認為是神蹟的種種不可思議之事，隨著時代進步也變得可以用理論來說明。甚至可以說這些發現或新發展，支撐了你我現今的生活。

在你的世界裡，科學發展到什麼程度呢？基本上只要先想好基礎建設蓋得如何即可，不過，或許也能明確描述一下地球、雲或者宇宙的存在對登場人物來說有何意義，因為這些都有可能影響故事人物的思想與價值觀。

## 交通工具概述

交通工具有很多種。這些交通工具是何時發明的？以下舉出幾個例子。

### ● 蒸氣火車

說到以前的交通工具，首先會聯想到的是蒸氣火車。蒸氣火車發明於十九世紀，1872年（明治5年）傳入日本。

### ● 汽車

汽油引擎問世促進了汽車的普及。此外也有蒸氣動力汽車。電動車也在十九世紀中葉登場（電池容量很小，因此行駛距離很短，不具實用性）。在日本，一般民眾能乘坐車是在第二次世界大戰結束後。

### ● 飛機

法國的孟格菲兄弟在1783年讓熱氣球升空，達成人類首次成功翱翔天際的里程碑。到了1903年，美國的萊特兄弟成功完成動力飛行。後來因為戰爭的需求，飛機發展出多種用途。

### ● 腳踏車

1863年由法國人所開發，其後於巴黎世界博覽會中展出，這是腳踏車首次展現於世人面前。不過，在這之前也有人做出腳踏車，只是不具實用性。

chapter

# 12
# 奇幻元素

既然是被創造出來的世界，就算有任何不可思議之處也不成問題。
試著打造出屬於你自己的不可思議世界吧！

奇幻元素，也就是不可思議的元素，可說是創作奇幻故事時的最大樂趣。前文提過，創作故事時必須多方面考量，以免出現歷史或科學上的矛盾，但唯獨這方面完全可以自由發揮。甚至可以說，故事本身有多少吸引力就看奇幻元素的特色而定。

創作世界觀的時候，如果決定加入奇幻元素，首先得想出各項要素並且加以推敲吧！（要說是為什麼，就只是因為很有趣而已。）以這些奇幻要素為主，並且在沒有矛盾的情況下加入其他項目，是最有效率的做法。

中，然後用石頭來施展魔法。

儘管如此，也不能什麼都靠魔法解決。如果光靠魔法，就能解決故事中大部分的問題，就沒辦法期待劇情發展能讓人心跳加速甚至捏一把冷汗，這可說是相當掃興。

另外，魔法也不見得永遠用不完。就像我們沒辦法一直跑下去一樣，魔力應該也有它的極限。以遊戲用語來說，就是魔法值（MP，magic point）。

得到了什麼，就得付出相對的代價。魔法基本上最好以這個想法為前提。那到底是魔力有限？有次數限制？會縮減壽命？還是時間到了就會復原？規則與程度都由你決定，不過請先設定一些原則。

## 能不能使用魔法？
## 有什麼規則？

魔法是奇幻元素的代名詞。魔法有無限多種功用，可任由創作者發揮。可以冒出火焰，也可以騎著魔法掃帚翱翔天際。就連技術發展那一章提到的醫療問題，只要有了療傷魔法，就能搞定一切。施展魔法的方式可透過魔杖等物件，也能靠念咒，另外還能把魔力注入石頭等物品

## 超能力的存在

基本概念跟魔法一樣。超能力與魔法的差別在於，超能力無須透過某個物件來施展，也不用念咒。只要起心動念，就能施展出超能力，這是我們常在戲劇節目中看到的場景。

另外，超能力不像魔法那樣可以從無生有。超能力給人的印象是移動、破壞

既有物品，或者加以干擾。

超能力也不是永遠用不完，所以要設定一定程度的限制與代價。

## 不存在的生物①
## 龍

有些生物在我們的世界中雖有耳聞，但至今仍未能證實牠們確實存在，例如尼斯湖水怪、槌之子。姑且不論是否真的有這些生物，創造虛構生物或許是創作者的樂趣之一。而這些想像中的動物，是以龍最具代表性。龍以主角的敵人這樣的身分登場，並且是破壞人類住處的可怕生物，對人類構成巨大威脅。然而，龍也在許多故事中扮演人類的伙伴，若是這樣的情況就常有主角騎在龍背上一同翱翔天際的場面。

無論是敵是友，只要有龍，就會對人類生活造成莫大的影響。如果龍是敵人，或許得臨陣磨槍，研究一下如何馴龍。請先想一想，如果有龍，世界會出現什麼樣的變化。

## 不存在的生物②
## 妖精、幽靈、怪獸

「看不見的朋友」是妖精給人的印象，其形象多變，喜歡惡作劇、令人難以捉摸等，常讓人覺得拿牠沒辦法。小巧、美麗又可愛是妖精常見的形象，這個形象很大一部分來自童話故事。不過，直到近代為止，妖精都給人可怕的印象。

同樣是超自然存在的，還有幽靈。幽靈在不同國家有不同形象，日本最為普遍的是身著白衣、沒有腳的女幽靈。除了幽靈以外，同樣給人可怕印象的，還有常被拿來相提並論的妖怪（怪獸）。日本的話是鬼，西洋則以哥布林最聞名。

這些生物跟龍一樣，可以是敵人，也可以是朋友。跟妖精簽訂契約，所以能使用魔法──這樣的設定也行得通。無論如何，希望你能注意到的是，牠們的價值觀不同於人類。人類的常識或生死觀等，與牠們毫無關係，因此就算說出或做出什麼驚人的事，也不足為奇。

## 魔力的普及程度
## 很重要

除了前面介紹過的內容之外，還有很多種奇幻元素。放入任何要素都得好好思考的是，這項要素在整個世界裡有多麼廣為人知、多麼普及。

如果人人都會魔法，那就會是魔法與科學並存的世界。相反地，要是只有少數人會魔法，那麼巫師就顯得珍貴。無論是受人崇拜、被人利用，或者因為人們畏懼其能力而加以迫害，都是有可能的。疏忽了這一點，整個世界的設定就會顯得含糊不清，請務必多加留意。

chapter

# 13
# 奇幻類型

**同樣是奇幻作品，卻有多種不同的類型。**
**你想創造的是什麼樣的奇幻世界呢？**

## 高度奇幻與低度奇幻

看到奇幻這兩個字，你會聯想到什麼樣的世界呢？跟我們住的地球截然不同，有廣闊的森林與草原，還有歐風城堡，荒野有怪物潛伏其中，而人們以劍和魔法為武器戰鬥……我想很多人的腦海中都會浮現這樣的場面，這個例子是「劍與魔法」的奇幻類型。不過，其實還有很多種不同的奇幻世界。首先可以大概分成「高度奇幻」與「低度奇幻」兩種類型。這裡的「高」與「低」並不是高尚與低俗、詳細與概略……的意思。一般來說，以異世界（虛構世界。即使是過去或未來的地球，要是跟現在相差太多，就不會被歸為同一類）為舞台的是高度奇幻，在現實世界中加入奇幻要素的是低度奇幻。前文提到的劍與魔法屬於高度奇幻，而巫師在現代日本與怪物纏鬥的故事則屬於低度奇幻。不過，這兩者的區別並非十分明確。因為也有現代人去到異世界或轉生至異世界的故事情節。希望你能了解，分類是為了讓人知道「奇幻有多種不同的類型」。

## 創作構想也會改變作品氛圍

創造虛構的奇幻世界時，構想來自於什麼樣的時代與區域，對作品氛圍影響甚大。

最廣為人知的是「中世紀歐洲風格的奇幻」。故事中的遣詞用字、景色、工具以及社會形態都會讓人聯想到中世紀歐洲。不過，社會形態、技術以及人們的生活樣貌等，其實有很大一部分取材於近代歐洲。這是因為作者依照自己的想法做了取捨的緣故。

另外，創作構想也可以來自多個不同的時代與區域。可以更加忠實地呈現中世紀或近代的實際狀況，也可以將古羅馬或近代歐洲設定為異世界。不受限於歐洲，以日本、中國、印度、蒙古或者美國等不同區域的不同時代為構想來創造虛構的異世界，也完全可行。

# chapter 14
# 問題

世界總是會有問題。有時問題獲得解決，但又會產生新問題。
而這也可能成為一個世界的特色。

## 世界會遇到什麼阻礙？

凡事很難要求盡善盡美，更不用說一個世界。任何時代、任何國家都會有某些缺點或問題，距離成為烏托邦非常遙遠。

你所創造的世界，應該也會有大大小小各種不同的問題。這些問題或許只影響到故事人物居住與生活的城鎮，或許影響到整個國家，你可以將故事的重心擺在這些問題上。要是跟其他國家發生戰爭，這就會是國家最大的問題（無論戰爭是哪個國家發動的，由於人力與資金都投入其中，只會對國家運作造成不好的影響而已），有時因為環境遭受嚴重破壞，而無法繼續住在那個地方，你也可以在故事中解決這些問題。只要看看登場人物的生活周遭，一定會有農作物歉收、執政者對立或者遭受鳥獸害等許多問題，儘管沒有影響到整個國家。這些問題可以寫成故事中的小插曲，或者即使跟故事本身沒有直接關係，也可能對登場人物或那個世界的人造成某些影響。

最好是從「這個世界在運作時會遇到什麼阻礙」的方向來思考，而不是製造問題。要是國家領導人是獨裁者，可能會把政治搞得亂七八糟，有些地方或許容易發生自然災害。

## 考量各種問題

以下大概列出幾個人生在世可能會遇到的問題。

### ● 政治

國家領導人或官員的政策推行不順，國民苦不堪言。以日本來說，就有勞動、年金、醫療等許多課題。外交問題也常被提起。

### ● 經濟

所謂的不景氣。想工作卻找不到工作、薪水太低沒辦法過生活等。有些國家或者有些時代則是租稅過高。

### ● 自然災害

地震或颱風等，人類在大自然面前無能為力。災害發生過後，得費盡千辛萬苦才能重建。

chapter

# 15

# 讓主角
# 進入世界吧！

### 你的世界創造得如何？
### 對故事人物來說是什麼樣的世界呢？

　　世界的組成要素至此已解說完畢，大家覺得如何呢？法律或教育等其他項目可在稍微研究過後再做決定。

　　教育方面，只要大概決定是否讀書識字就行了。以前國家不重視教育，一般民眾未曾讀書識字也並不罕見。這麼一來，就連唯一的聯絡方式──寫信也沒辦法。相反地，要是把世界設定為教育普及、任何人都具備優秀的能力，也會很有趣。

## 主角能不能在
## 那個世界活下去？

　　也許你會因為「有好多事我都想來安排一下，但這樣好嗎……？」而感到不安。畢竟建構世界是沒完沒了的事。

　　雖說如此，不過時間有限，所以只要把前面這些項目都設定好，就可以先告一段落。接下來試著讓故事中的人物進入那個世界，模擬看看他們能否在那個世界順利生活（也包含問題在內。看看那個問題能不能正常發揮作用）。如果發現什麼矛盾或空白之處，就要重新想一想。

　　另外，也有異世界轉生的類型。故事中的人物原本為現代人，卻轉生至中世紀歐洲等世界這樣的故事。這麼一來，主角就會變成左右不分、嬰兒般的狀態。就算這樣也能活下去嗎？要是你打算創作這個類型的作品，請務必仔細思考。

　　在這樣的故事裡，主角大多會因為某些原因而具備特殊的能力或狀態。例如魔法、具備特殊身分或者有特殊工具等。原本在那個世界很難存活，不過有特殊條件後，或許就可以輕鬆過關了。

　　所以除了主角之外，也要模擬看看一般民眾（以遊戲用語來說，就是NPC〔非玩家角色〕）是否也能在那個世界順利生活。

　　我們可以肯定地說，這些設定不會全都在作品中出現。因為全都列出的話，故事讀起來就會像是設定資料一樣冗長。儘管如此，把這些項目都先想過一遍還是有很大的意義，因為這些項目都跟登場人物的言行舉止有關。

# 第2章

## 世界觀創作筆記

終於要開始實際創作了。前言有提到，

本書列出了五種不同世界模式。

要是跟你想寫的故事一樣，就可以馬上填寫空格。

如果不盡相同，可以一邊閱讀解說，

一邊想想看自己要創造什麼樣的世界。

# 奇幻異世界 ★1★

**魔法、超能力、煉金術、龍與精靈。**
**這是讓我們所住的世界裡不存在的事物威風登場的夢幻舞台。**

說到要打造出一個自己的世界，最具代表性的類型就是奇幻異世界。除了足以作為代表的劍與魔法的世界之外，還有精靈與哥布林等虛構生物登場的世界，或者位於海中而非地上的世界等，種類變化多端。

活用你所想到的各種奇幻設定，打造出自己的世界吧！

## ★ 國家與時代的設定 ★

如同第一章提到的，想要從無到有創造世界是很辛苦的作業。因此，可以找一個國家與時代作為範本，再加上一點東西就行了。中世紀歐洲是最常見的選擇，此外也有中國風格或日本風格可選。即使同樣是歐洲，每個國家各有不同的地理環境與文化。

要是你有所堅持，也可以自己決定「我要挑這個歐洲國家當範本」。如果想拿兩個國家當範本，當然也可以。只要留意設定上有無矛盾，就能打造出更具獨創性的世界。

## ★ 奇幻要素 ★

在創造世界的過程中，奇幻要素的設定或許是最有趣且讓人期待的部分。很多人應該是一開始就想到這個吧！在決定要以哪個國家與時代為範本之前，可以先彙整有哪些奇幻要素。這樣有助於選出符合你所設定的奇幻要素範本。首先試著寫出自己所有的想法，不要自我設限，接著加以彙整，增添或刪減各項設定並且加以調整。

## ★ 國名 ★

既然要打造一個自己的世界，當然要取名字，而且故事裡應該也會提到。欄位那裡寫的是國名，但若是填入大陸或整個世界的名稱也無妨。要是想不到什麼好點子，可以最後再來想。

## ★ 面積大小、人口 ★

國土大小只要想成「跟○○縣差不多」就很容易想像。另外，第23頁也提過，人口多寡會影響到國家的發展狀況。就算提不出具體的數字也無妨，請先以「能夠○○的人數」來定個標準。

| 國家範本 | |
|---|---|
| 時代 | |

## 奇幻要素

| 國名 | |
|---|---|
| 面積大小 | |
| 人口 | |

# 奇幻異世界 *2*

接下來要決定的項目，基本上可以拿既有的國家來參考，不過，必須得好好考量加入奇幻要素所造成的影響。

## ★ 地形、氣候 ★

地形方面首先要考量是否有山有海。靠山、靠海的生活大不相同，這一點在現代也是一樣。若以中世紀為範本，由於技術發展程度不如現代，所受的影響也會比現代來得大。接著是國土形狀，是縱長形或橫長形？要是形狀為縱長形或橫長形，那麼就算是同一個國家，氣候也應該會有大幅度的差異。

請先想想看自己要打造的是什麼樣的國家，接著找出想以哪個國家為範本。要是想打造「四面環海的國家」，不妨以日本為範本。

## ★ 宗教、信仰 ★

你所創造的世界裡是否有神？明確設定為「無」是很少有的狀況（沒有就沒有也沒關係，如果能突顯其特色也很好）。要是有神的話，人與神之間的關係如何？

首先要看是否整個國家都信仰特定宗教。從出生之後就遵循教義過生活，而且住家附近理所當然也有教會。違背教義就得受罰，被所有的人看不起。

看到這裡或許有人會想，還是沒有宗教比較好吧，但人們可不會這麼想。宗教信仰理應存在，而且只要遵循神的旨意就能得救。在生活艱困的世界裡（飢餓或氣候嚴峻等），大多數人都會有宗教信仰。這是因為需要有個心靈寄託。

另外，可能也會有利用宗教來統治國家的模式。請根據以上內容想想看，你的世界裡是否有信仰。要是有的話，又會是什麼樣的信仰。

## ★ 國民的階級 ★

收入與權利會因為階級而產生差異。若是要制定階級，可以參考史實並修改其名稱與條件等。如果想完全自創，當然也可以。

就算法律上並未明確規定階級，每個人的立場還是會因為工作或收入而有所不同。

## ★ 政治 ★

說到政治，或許會讓人緊張一下，不過，可以試著把它想成「國家由誰治理？如何治理？」如果是君主制，就是由君王決定方針而宰相輔佐。若是像日本這樣，由國民代表——也就是政治家——來做決定的話，就得決定如何選出代表。包含下一個項目會提到的「與其他國家、區域的關係」在內，必須稍微想想看政治立場為何。

| 地形 | |
|---|---|
| 氣候 | |

| 宗教、信仰 | |
|---|---|

| 國民的階級 | |
|---|---|
| 政治 | |

## 與其他國家、區域的關係

| 鄰國<br>（　　　　） | |
|---|---|
| 同盟<br>（　　　　） | |
| 敵對<br>（　　　　） | |
| 交流<br>（　　　　） | |
| 其他<br>（　　　　） | |

# 奇幻異世界 ★3★

現今的日本已與其他國家建立起許多關係。只要查一下就會知道，有些地方甚至跟讓人意想不到的國家建立了友好關係。各位讀者可以試著查查看，自己所住的地方有跟哪些國家建立關係。

無論如何，首先要考量的是關係密切的鄰國。雙方的關係友好還是敵對？敵對關係的原因出在哪裡？

另外，也要設定是否有跟其他國家締結同盟或者進行什麼交流。自己國家沒有的東西可從其他國家進口，相反地，也可以將本國產品出口，以換取收入。要是奇幻要素是自己國家特有產物，有時會比較占優勢。

## 技術

這個項目要盡可能地加以細分。先把這些細項都決定好，撰寫故事時就能大大派上用場。

中世紀時期沒電可用。不過，或許有什麼能源可透過奇幻要素來取代電能。另外，也要想想看供水系統、瓦斯供應是否完善，是否方便一般民眾使用。

交通工具與道路可以一起考量。交通工具決定好之後，就可以加入所需的道路。這麼一來，道路養護所需的技術與人手就不難想像，因此也容易推測出建築技術上的需求。一項技術決定好之後，其他

項目也會隨之塵埃落定。不過，要是從被選為範本的國家和時代來考量，卻發現一開始決定的項目有技術上的困難，那就沒辦法了。因此得慎重思考才行。

機械技術與科學或許並不發達。如果是這樣，醫療方面大概就只有所謂的民俗療法以及用草藥來治療這兩個選項而已吧！如果技術很發達，會有什麼樣的機械呢？要是故事中出現一些具有獨創性的機械，似乎也很有趣。

## 飲食

首先根據地形與氣候來考慮一下主食為何。能夠收成稻米或小麥嗎？或者是完全不同的其他作物？如果是歐洲，似乎以麵包為主食才對。

除了主食之外，也要想想看常吃哪些食物。四面環海就不愁沒魚可吃，要是住在山上，應該就能吃到野菜或鹿、山豬等動物的肉。

另外就是土地是否適合耕種。氣候不同，適合栽種的作物就不一樣。有些土地甚至無法栽種任何作物。要是打算呈現食物不足的狀況，就要把環境設定得相當艱困。

食材決定好之後，就可以來想想看如何烹調、有哪些菜色。同時也要想一下有什麼調味料、如何保存食物。另外，若有貧富差距，吃的東西也會不一樣。只要先把登場人物所吃的食物決定好就行了。

| 技術 | |
|---|---|
| 電 | |
| 供水系統 | |
| 瓦斯 | |
| 交通工具 | |
| 道路養護 | |
| 建築 | |
| 機械技術 | |
| 科學 | |
| 醫療 | |

| 飲食 | |
|---|---|
| 可取得的食物 | |
| 烹調方式 | |

| | |
|---|---|
| 語言 | |
| 識字率 | |
| 教育制度 | |

# 奇幻異世界 ★4★

## 語言

基本上，只要依照被選為範本的國家來設定就行了。若是以中世紀歐洲為範本，就不能出現日文。看到這裡，應該會有人吐槽說「不就是用日文寫作嗎？」，我指的不是這個。我的意思是，故事人物所講的話不能參雜日本特有詞彙。最顯而易見的，大概是和製英語吧！中世紀時期的歐洲人如果講出「我去一下超市」這樣的話，會很奇怪吧！再說那個時代也沒有超市這樣的複合式商店。

雖說如此，但完全禁止使用和製英語的話，就會有很多單字沒辦法用。各位讀者可以查查看，有許多意想不到的字都是和製英語（冰淇淋、high five〔擊掌〕等）。表達方式會因此而受限，所以若是不會讓人覺得奇怪的詞彙，就可以用。

## 識字率、教育制度

這兩個項目可以一起考量。教育制度完善，識字率自然會提升。不過，孩童在歷史上有很長一段時間都被視為勞動力，沒有時間上學識字。這麼一來，就算大多數的國民不會讀寫，也不足為奇。受教育成為奢侈品，而且是身分尊貴之人獨享的權利。

只要先決定有多少比例的國民會讀寫就行了。不會讀寫會怎麼樣呢？不用說填寫旅館帳簿，或許連帳簿的概念都沒有。如果教育制度完善，那就要有學校或私塾這類由個人指導的教育設施。

## 經濟

要是你創造的世界是國家的形式，那就很難想像不需要繳納稅金。一般市民都繳些什麼稅呢？雖然也有繳納稅金，不過以前的日本是繳納米糧。似乎大多有沉重的租稅負擔，而生活並不輕鬆。另外要決定的是，採用資本主義模式還是社會主義。或許也有國家是由君王發給每個國民定額，甚至還指定花費用途等等。

## 產業、主要工作機會

要是國與國之間有商業往來，那就可以想想看國家是靠什麼來換取收入，也就是一個國家盛行的產業與事業。

良好的氣候可以催生農業，有很多擅長處理鐵的工匠可以製作武器，全都是巫師的國家則可以靠魔法來做買賣。

至於工作機會，首先可以做的是跟國家產業有關的工作。如果是農業，就是種植農作物的人，此外也需要有人把農作物拿去賣掉。另外，要是已經設定好登場人物了，也可以設定一下他們做的是什麼工作。

| | |
|---|---|
| 經濟 | |
| 產業 | |
| 主要工作機會 | |

| 文化 | |
|---|---|
| 風俗人情 | |
| 國民特性 | |

| | |
|---|---|
| 國家的歷史 | |

# 奇幻異世界 ＊5＊

## 文化

拿日本人跟外國人相比的話，我想可以發現幾個不同點。舉例來說，日本人雙手靈巧，注重禮儀。不光只是優點，當然也有缺點，而這些特點就是國民特性。

國民特性大多會受到地域與天候的影響。住在溫暖區域的人個性溫和；相反地，住在寒冷區域的人或許給人稍微有點苛刻的印象。後者是因為他們的生存環境嚴苛，沒辦法悠哉過日子的緣故。因此，不同地方的人就會有不同的個性，而非以國家為單位。

進行設定的時候，只要想著「因為是這樣的國家，個性○○的人應該很多吧！」就行了。當然也不是所有的國民都是一個樣，不過只要將其視為國家大概的方向來決定，就會成為國家特色。而風俗人情也是一樣，要是有什麼特殊的規定或習俗，就會成為特色。

## 國家的歷史

一個國家必須經歷許多事才能成立，而這些事就是歷史。由小村落形成的國家或許曾為了誰要當領袖而爭執不休。打敗其他集團，使其加入某個集團成為該國國民，或許就會因此建立奴隸制度。不過並非全都是些不愉快的事，也有一些國家是透過和平締結同盟而擴大版圖。

參考現有的政治與階級制度，試著

創造國家形成的過程，就算只是「這個國家就是這樣形成的」這麼概略的描述也無妨。另外也要想想看由這段歷史形塑而成的風俗人情與國民特性。

## 特色

至今寫下來的項目當中，應該有一些事項稱得上是國家特色吧！請謄寫於右頁表格以便彙整。這些特色會成為描寫舞台時的一大利器。

要是腦中一片空白，不妨回頭看看前面的設定，然後試著寫出一項特色。「特色是可以使用魔法」也無妨，只是這樣就無法跟其他作品做出區隔。不妨再深入想想，因為可以使用魔法而形成了什麼特色。

## 問題、課題與隱憂

乍看之下很安定且治理良好的國家也有問題存在。很難想像會有一個國家沒有任何隱憂，因為人並不完美，更何況一個國家聚集了許多人。

常見的有犯罪、糧食以及環境問題等。為了自己的利益操弄政治也不足為奇。另外，就算現在沒問題，也不保證以後沒問題。查查看現實生活中有什麼問題或課題，然後幫自己的國家設定可能發生的問題或課題吧！

| | |
|---|---|
| **特色** | |
| **問題、課題**<br>**與隱憂** | |
| **備註**<br>（可填入前述項目<br>未涵蓋的內容） | |

# 近未來 ★1★

近未來的世界以現代為範本，最適合納入現今無法達成的技術。
可以描寫夢想中的未來發展，也可以描寫
出於某些原因而比現今更沒落的不久將來。

近未來。我想大家都有聽過這個詞彙。字面上看來是「離我們很近的未來」，但具體上來說到底是多久以後的事？沒有個概念，或許就很難想像。

所以就來查一下字典吧。《日本國語大辭典》（小學館）的說明如下：

**【相較之下離我們較近的未來。以年數來說，大約是兩位數年數以後的未來。】**

如果是數十年後，大家也許都還活著吧！

你或許會想，既然不是太久遠以後的事，那就跟現代沒什麼差別。既然如此，我們不妨回顧一下這三十年來的變化。最顯而易見的，就是手機的變化了。日本出現可隨身攜帶的電話是在1985年，民眾開始帶著手機出門則是在1990年代。到了2000年代，除了通話跟電子郵件之外，還多了其他功能。歷經功能型手機的時代之後，如今智慧型手機已澈底融入你我的生活中。開始使用手機以來過了三十年，手機已有大幅度的進化。

而我們的日常生活，也因為手機的進化，產生很大的變化。現在有裝室內電話的家庭變得很少，要是想看新聞，除了電視與報紙之外，也能透過網路。

機器人技術也有大幅度的進展，而且今後三十年肯定也不會停止進化。

即使街景沒有太大的變化，也可能因為機械技術等方面的發展，給我們的生活帶來變化。可以試著想像一下，什麼會讓你覺得「要是可以這樣就太好了」。

另一方面，不見得只有發展。這個世界也可能因為環境惡化，突然變得不適合人類居住。你或許認為「那是很久以後的事吧？」，但既然是創作，設定在數十年後也無妨。拋下現代生活努力求生的故事，可能更顯得真實。

## 與現今的差異

前言寫得有點長，接著來想想如何設定吧！首先要思考的是，跟現在有什麼不一樣。欄位很大，所以可以把你想到的統統寫下來。

決定好之後，就能找出合適的國家與人口作為範本。為了容易看出跟現代有何差別，建議以實際存在的國家為舞台。

## 國家範本

### 與現今的差異（技術進步或退步到什麼程度）

| | |
|---|---|
| 國名 | |
| 面積大小 | |
| 人口 | |

# 近未來 ★2★

## ★ 地形、氣候 ★

最近幾年，日本從夏季到秋季期間皆遭受極端天氣肆虐。各位讀者應該都有在新聞或報紙中看到，幾乎每年都有某個地方淹水，或因強風造成建築物毀損。

大自然能在一瞬間改變我們所住的世界。如今雖已重建，但說不定有朝一日來不及重建。

沉沒之城是常有的設定。雨下個不停，使得地面上的一切都淹沒在水中，從地圖上消失。

把世界設定得跟現代沒什麼兩樣當然無妨，不過也可以有非常大的差異。

## ★ 宗教、信仰 ★

活得很苦就會想要有個心靈寄託，這一點無論現在還是過去都一樣。有可能因此出現新的宗教，甚至聲勢超越基督教或佛教。

另外，雖然不是宗教，但是像民俗療法這類沒有任何根據的說法，如果大家都相信，也是很有趣的設定。

## ★ 與其他國家、區域的關係 ★

要是以日本為舞台，除非發生什麼驚天動地的事，否則跟現代不會有什麼差別吧！不過，創作的樂趣就在於能讓這件驚天動地的事情發生。如果在上位者換人，或者國家無法像現在這樣運作，或許就會出現大變化。無論是否要讓它發生變化，都得先好好掌握政治現況與國家制度。

## ★ 國民的階級、政治 ★

就算現在締結同盟、建立友好關係，數十年後也可能是不同狀況。這麼一來，自己國家的立場就不一樣了，所以讓世界發生變化時，務必要謹慎考量。

另外，國內各地的關係或許也會改變。假設日本被水淹沒，形成許多小島，這樣會怎麼樣呢？就算有辦法聯繫往來，但交通往返或許會很辛苦。相反地，要是交通往返變得非常輕鬆簡單，城鄉關係就不會跟現在一樣吧！

### 瘟疫的可怕之處

災害有許多種，其中尤其可怕的是瘟疫（傳染病）。據說中世紀歐洲有三分之一的人口死於黑死病。

近代以前缺乏細菌與病毒的相關知識，而且人們的營養狀態不佳，所以瘟疫一旦蔓延，就會導致不少人死亡。另一方面，現代與近未來則是因為交通工具發達，瘟疫的傳播範圍比近代以前還要大上許多。瘟疫實在很可怕。

| 地形 | |
|---|---|
| 氣候 | |

| 宗教、信仰 | |
|---|---|

| 國民的階級 | |
|---|---|
| 政治 | |

| 與其他國家、區域的關係 | |
|---|---|
| 鄰國 ( ) | |
| 同盟 ( ) | |
| 敵對 ( ) | |
| 交流 ( ) | |
| 其他 ( ) | |

# 近未來 ★3★

## ★ 技術 ★

　　技術或許是世界觀的設定項目中最重要的部分。

　　要是生活變得比現在更方便，那就是有某個東西更發達所造成的結果吧！就像手機一樣，光是一項物品的進化，就足以改變你我的生活。雖說如此，手機要能大大派上用場，擴充網路線並提升速度是很重要的。也就是說，一項技術要能發展起來，少不了周邊的支援。

　　要是你已經把第一頁的「技術進步到什麼程度」彙整好，不妨也來想想周邊支援。這些支援技術也可能帶來副產品。

　　由於網路速度提升，資料存取變得更加容易，如今誰都能輕鬆編輯影片並上傳網路。以前影片編輯工具都是專業人士在使用，而現在甚至有一些工具可以免費取得。手機不斷進化，如今手機和電腦的界線已經不再明確。

　　手機今後也會不斷地蛻變吧！我們接著來看看其他領域。

　　空中飛車是具代表性的未來象徵，如今已經有人把它化為真實。雖然尚未達到實用化，但已到達載人飛行試驗的階段。

　　要是有一天連一般人都能搭乘空中飛車，那就是交通工具的重大變革了。

　　請查查看現在有什麼技術或研究正在進行，並試著想一想要是有進一步的發展會怎麼樣。

## ★ 飲食 ★

　　目前日本的糧食自給率並不高，必須仰賴進口。這樣的情況或許再過數十年也擺脫不了。既然如此，那就應該把它想成跟現在沒什麼差別。

　　雖然農作物沒有改變，但烹調方式或許會有什麼進化。說不定數十年後會出現一種營養補充品，只要吃一顆，就能攝取到一日所需的營養。

## ★ 語言、教育制度 ★

　　對現代人而言，語言不只是用來讀寫或對話。語言還有另一種形態，那就是程式語言。

　　程式語言是用來寫電腦程式的語言，我們平常用的電腦軟體等，都是以此寫出來的。你大概認為「那只有專業人士才會用」，但現在連小學課程都納入程式語言了，它離我們並不遠。

　　以前英文也是從國中才開始學，但現在因為全球化的關係，從小學就開始學英文。受到世界潮流的影響，今後必須學，而且從小就得開始學的領域想必還會增加。

| 技術 | |
|---|---|
| 基礎建設 | |
| 交通工具 | |
| 道路養護 | |
| 建築 | |
| 機械技術 | |
| 科學 | |
| 醫療 | |
| 其他 | |

| 飲食 | |
|---|---|
| 可取得的食物 | |
| 烹調方式 | |

| | |
|---|---|
| 語言 | |
| 教育制度 | |

# 近未來 ★4★

## ★ 經濟

金錢的使用方式在這數十年來有很大的變化。以前是用現金買東西或者買服務,現在則是用信用卡。就算手邊沒錢,只要有一張卡片就能買東西。而且現在因為有電子錢包,甚至連卡片都不需要。使用現金消費的觀念固然根深蒂固,但也有人認為以後身上不必帶現金。

至於金錢的運用方式又是如何呢?不光只靠儲蓄,也可以藉由投資來增加金額。最近則是可以用少許金額來進行投資(甚至也有能用儲值點數購買的商品),門檻可說是降得相當低。

接著來看看稅金。日本2021年的消費稅是10%(輕減稅率為8%)。這個稅率會再增加?還是減少?我們繳的稅金有很多種,也有可能再徵收新稅。至於徵收新稅是否適當、是否會招來反感,就要看當時執政者的本事。

## ★ 產業、主要工作機會

要是技術有所發展,就會出現新產業,而工作類別也會產生變化。近年來由於AI迅速進化,大家都說再過不久AI就會搶走人類的飯碗。如果這些話成真,人類該如何賺錢養活自己?或許會出現新工作、新的社會形態也說不定。

## ★ 風俗人情與流行

不只是手機,現在大部分的小家電都是充電式的,以前的都需要裝電池。也就是說,在我們的生活當中,「充電」這項例行事務是近期才有的事。這雖然算不上是風俗人情,不過有時候也會因為世上的種種變化而有了新的習慣。

接著來談談流行。流行的壽命很短,尤其現在因為網路發達、資訊爆炸,新聞很快就變成舊聞。就算在社群媒體上引發話題,不過幾天一切就歸於平靜。這也是常有的事。

儘管如此,有些東西仍會被保留下來,有時會演變成文化。

大頭貼曾風靡一時,但是在手機也能拍照之後,就不再受歡迎。儘管如此,大頭貼也未從電子遊樂場消失,至今仍占有一個樓層的空間。這可說是因為大頭貼已經成為以年輕人為主的文化之故吧!

| 經濟 | |
|---|---|
| 產業 | |
| 主要工作機會 | |

| 文化 | |
|---|---|
| 風俗人情、現在的流行 | |
| 國民特性 | |

| 國家的歷史 | |
|---|---|

# 近未來 ★5★

## ✦ 國民特性 ✦

　　雖然不會在數十年內大幅改變，但可能因為某些原因而萌生新的意識。

　　舉例來說，因為在氣候設定中也有提到的極端天氣與地震影響，每個人的防災意識都有所提升，於是民眾的想法從原本的「船到橋頭自然直」轉變為「每個人都得把防災用品準備好才行」。

　　請試著想一想是否有可能產生這樣的新想法與新常識。

## 曆法為何重要？

　　曆法可計量時間間隔，有助於掌握時間。我們能掌握「今天是幾年幾月幾日」都是拜曆法所賜，只是很少有人注意到曆法的可貴。

　　人類從古代就創制曆法，因為這對執政者很重要。其中一個原因是，創制曆法等同於支配時間，因此被不見為與君王權威直接相關。創制正確的曆法，以準確預測月蝕或日蝕等特別的天文現象何時出現，也是很重要的。據說在古代中國，要是預測失準，就會失去信用與聲譽。

　　另外，曆法對農業也很重要。未在適當時機播種或收割，收成就會大不相同。例如有所謂的「一粒萬倍日」，據說只要在這一天播種，收成就會增加為一萬倍，因此像農民這樣靠時辰維生的人，對曆法很敏感。

## ✦ 國家的歷史 ✦

　　請先彙整從現代往後數十年之間所發生的事。有什麼大事件或事項發生當然要列出來，此外，或許有一些事出現了緩慢的變化。

　　舉例來說，可能發生災害、法律修訂、資訊裝置與結構的改變，及科學等方面的新發現等事件或事項。

## ✦ 特色 ✦

　　要是發展出其他國家趕不上的技術或產業，就會成為特色。

　　另外，也可以嘗試用不同的角度來看既有的事物。以日本來說，可以把寺院神社以及山岳、瀑布等自然景點設為能量景點，使其成為觀光地。

## ✦ 問題、課題與隱憂 ✦

　　不只是日本，全世界在這數十年都出現急劇的發展。然而我們付出的代價是，許多問題日益嚴重。例如能源與廢棄物等，尚待解決的課題堆積如山。

　　假設這些問題都解決了，又會產生新的課題。對未來世界的想像固然有趣，但也要去關注這些負面之處。有時故事也會從這些地方誕生。

| 特色 | |
|---|---|
| 問題、課題與隱憂 | |
| 備註 | |

# 現代奇幻 ★1★

要是以我們所住的世界為舞台，較容易拉近與讀者間的距離。
若是在其中加入不可思議的要素會怎麼樣？
除了增加親近感之外，還會讓人滿心期待吧！

「我想要在故事裡加入奇幻設定，但是要從無到有創造出一個世界真不容易……。」

「我想創造的是可以使用魔法的世界，可是中世紀歐洲跟我想像的風格不太一樣……。」

或許也有人有這些想法。說到奇幻故事，雖然中世紀歐洲是具有代表性的舞台，但如果想設定為其他地方或其他時代，當然也無妨。況且想跟其他作品做出區隔的話，也應該考慮不同舞台（就算同樣選擇中世紀歐洲，只要以不同的方式呈現，還是可以做出區隔）。

接下來的範例是現代奇幻的領域。如同其名，這個世界以現代為舞台，並加入現實世界中不可能會有的奇幻要素。

令人意外的是，我們對現代奇幻作品並不陌生。小時候看過的戰隊系列、魔法少女系列，都屬於這種類型。

故事中的人物生活在跟我們的世界幾乎沒有差別的地方，跟現身的敵人戰鬥。這個敵人和登場人物所具備的能力就是奇幻要素。

另外，近年來輕小說發展出的「輕文藝」、「輕推理」等類型，其中便常出現現代奇幻。有些故事以成年人為主角，

如此更貼近於現實，將真實感與不可思議的要素巧妙融合在一起。

現代奇幻（低度奇幻）的一大優點是，容易被讀者所接受。讀者在閱讀時，不像閱讀高度奇幻的作品必須記住許多設定，而且也容易跟讀者拉近距離。相反地，其缺點在於缺乏新鮮感，因此必須用奇幻要素來吸引讀者。

## 與現實不同之處

你或許認為，只要按照現實狀況來設定世界就行了，幾乎沒有什麼需要思考的。不過，就像加入一點調味料就能改變味道一樣，只要追加設定，就能造成某些影響。而這些影響對世界造成的變化，也能讓故事達到差異化。首先請在這一頁寫出奇幻要素。可以是人人都有魔法，也可以讓幽靈等不可思議的角色登場。

## 國名、面積大小、人口

既然是以現代為舞台，基本上就跟我們住的世界沒什麼兩樣。不過，如同前文提到的，若是在奇幻要素的影響之下出現些許變化，也是很有趣的事。

## 與現實不同之處

| 國名 | |
|---|---|
| 面積大小 | |
| 人口 | |

# 現代奇幻 ★2★

## 地形、氣候

同樣是奇幻要素，卻有很多種類型，可以給人不可思議的力量，也可以讓大自然呈現不同於現今的景象，例如在近未來模式中提過的「下個不停的雨」，或是讓四季分明的日本變成常年如夏。在地形方面，像是日本的國土突然開始一點一點地移動……這類讓人大吃一驚的設定或許也很有趣。

就算在地形或氣候上沒有不可思議的設定，但只要有任何影響所造成的變化，就可以在欄位裡寫下來。

## 宗教、信仰

大家知道諾斯特拉達姆斯的預言嗎？這個預言說人類會在1999年滅亡。如今看來這個預言是錯的，不過任何時代都會有這類預言，並且成為話題。

舉例來說，若是將奇幻要素加在地形、氣候、植物等大自然上，說不定就會有很多這類預言。因為誰也無法預測大自然，也沒有正確答案。但要是沒個答案，人類這種生物就是會感到不安。或許那個答案會以末日預言的形式出現。

要是預言顯得很真實，人們就會相信並因此感到絕望，或者想辦法逃避。提出預言的人或許會受人崇拜。這簡直就像是宗教一樣，各位認為如何？

## 國民的身分

要是有個特殊的人，其他人會如何對待他？是尊敬？害怕？還是會想把他驅逐出境呢？

假設有少數幾個人具備魔法或超能力等非凡能力，若他們是朋友，就很讓人安心。說得不客氣一點，只要有他們在就很方便。

但如果發現他們有敵意，或者無法確定他們跟你站在同一邊，那又會怎麼樣？至少不能放著不管，因為不知道什麼時候會被反咬一口。

一個人就算再怎麼厲害，以多欺少照樣可以打贏他。所謂人多勢眾，並且也能集思廣益。像這樣集眾人之力打倒那個特殊的人，然後加以迫害或者拘束其自由是可能的。而這會以身分的形式呈現。

相反地，要是以多欺少仍無法取勝又會如何？如果那個特殊的人是好人，就會像前文提到的一樣，把他的能力貢獻給社會；但如果不是，他說不定會想統治那些普通人。那就有可能出現絕對王權。

另一方面也要顧及那個特殊之人的狀況與感受。要是他雖做好事卻一再被利用又會如何？恐怕也會因此改變心意。

| 地形 | |
|---|---|
| 氣候 | |

| 宗教、信仰 | |
|---|---|

| 國民的身分 | |
|---|---|
| 政治、法律 | |

| 與其他國家、區域的關係 | |
|---|---|
| 鄰國<br>(　　　　　) | |
| 同盟<br>(　　　　　) | |
| 敵對<br>(　　　　　) | |
| 交流<br>(　　　　　) | |
| 其他<br>(　　　　　) | |

# 現代奇幻 ★3★

## 政治、法律

前一個項目提到，要是國家由一個特殊的人治理，政治結構也會有所變化。譬如有法律條文規定不可違抗那個特殊的人，或者制定嚴厲的罰則等。

另外，就算身分等方面沒有改變，也可能因為奇幻要素而產生新的法律條文。要是對現代的我們來說，這條法律很奇特或者自相矛盾，也是很有趣的設定。

## 與其他國家、區域的關係

不只是以奇幻要素為舞台的國家或區域，只要是世界規模的事物，與各國的關係就不會有太大變化。要是跟故事本身沒有關係，就不太需要提到。如果奇幻要素僅限於本國或部分區域，那麼孰優孰劣就會因為設定而產生變化。說話變得很有分量，也更容易為自己的國家帶來好處。如今已有武器可讓廣大的土地瞬間化為焦土，想要征服世界雖然不太實際，不過可以在談判中處於優勢。

相反地，若是設定為弱小的國家或區域，或許就不得不尋求其他區域的援助。這麼一來自然是人微言輕，更顯侷促。請試著模擬，這樣的程度是否會影響到一般市民的生活。

## 技術

戰隊英雄與魔法少女不可思議的力量，基本上只用於制敵救人。不過，要是有更多人也有不可思議的力量，而他們都將能力貢獻給社會，世界會變成怎麼樣？

或許生活會變得更加便利，原本不可能的事化為可能。

假設有一個現代世界，裡面有很多居民都會施展魔法。每個人會的魔法都不一樣，也有程度高低之分。而每個人所做的工作、研究或者志工活動，都能充分發揮自己的能力。

●會飛的人從事危險的高空作業，或者開空中計程車。

●藥物和手術治不好的疾病或創傷就交給會施展療傷魔法的人治療。

●會操控水的人可以在火災發生時協助滅火，或者防止河川氾濫。

●可強化體格的人適合從事勞力工作，擔任保全或者運動選手。

以上舉了幾個例子，除此之外應該還有許多好點子。

在這些例子當中，尤其以療傷魔法最為創新。雖然還必須解除是否只是暫時復原、是否可能復發等疑慮，但會有更多人因此得救。無需住院，只要在自己家裡就能夠被施展魔法，那麼醫院的數量說不定會減少。像這樣有巫師滿足需求，有時候就不再需要現有的設施。當然也有可能會需要其他設施。

| 技術 | |
|---|---|
| 基礎建設 | |
| 交通工具 | |
| 道路養護 | |
| 建築 | |
| 機械技術 | |
| 科學 | |
| 醫療 | |
| 奇幻設定上的技術 | |

| 飲食 | |
|---|---|
| 可取得的食物 | |
| 烹調方式 | |

| | |
|---|---|
| 語言 | |
| 教育制度 | |

# 現代奇幻 ✦4✦

## 飲食

不知道應該說日本人貪吃還是充滿好奇，有些日本食材往往讓外國人大吃一驚。生吃魚類在全世界都算是少見的吃法，也有很多外國人不敢吃壽司，因此這可謂日本知名的文化之一。

要是在日本這樣的國家出現了怪獸會怎麼樣？很可能會被烹煮食用。

## 語言、教育制度

自創的新語言也可以是奇幻要素，不說出口卻能彼此對話（所謂的心電感應）這樣的設定或許行得通。

至於教育制度，比方說在有巫師的世界裡，為了提升國家利益，也可以成立專門培育巫師的學校。

## 經濟、產業、工作機會

技術設定中提過，現有的工作方式或許會因為奇幻要素而有所改變，甚至也可能發展成支撐國家經濟的產業。

另一方面，沒有特殊能力的人會怎麼樣？不可否認的是，有可能不再有工作機會，也可能出現貧富差距。這些狀況會受到特殊的人跟一般人的人口比例影響。雖然總會去注意特殊設定，不過也要留意一般大眾是如何過日子的。

## 文化

基本上跟近未來的構想方式相近。或許會因為奇幻要素而產生不同於現代的想法與價值觀，並且以風俗人情、流行或者國民特性的形式呈現出來。要是制定紀念日，每年的這一天都要向特殊的人表達感謝之情，也不足為奇。

## 「零」與「數字」並非理所當然？

我們在計算數量時，是從0往1、2、3……數下去；書寫時則大多使用被稱為阿拉伯數字（用於筆算的數字），專門用於計算數量的文字。不過，各位讀者可推測不見得所有社會都有這些概念。

零的概念起源於印度，而阿拉伯數字也是從印度經由阿拉伯輾轉傳入歐洲。在那之前，歐洲既沒有零的概念，也沒有阿拉伯數字。

有了數字，計算的時候就很方便。舉例來說，相較於「一百萬零五十二加三千五百二十七」，寫成數字「1,000,052＋3,527」會比較容易計算。在沒有數字的社會裡推廣數字，行政作業應該會變得更有效率吧！（但是在算籌或算盤等計算工具發達的社會，或許就沒什麼效果。）

| 經濟 | |
|---|---|
| **產業** | |
| **主要工作機會** | |

| 文化 | |
|---|---|
| **風俗人情、現在的流行** | |
| **國民特性** | |

| 國家的歷史 | |
|---|---|

# 現代奇幻 ★5★

## 從歷史中學習政治與戰爭

應該也會有人想在故事裡描述大規模的政治或戰爭場面吧！國與國賭上兩國命運發動戰爭、陷入絕境的王子借助國內有錢有勢的貴族之力扭轉乾坤、家人被國家所害的男子以陰謀詭計布下陷阱……無論哪一個都是讓人心跳加速、滿心期待的故事情節，請務必善加利用。

不過，要把這些故事情節的發展寫得有說服力，並不是簡單的事。因為從歷史上看來，政治、戰爭以及陰謀等都有許多人參與其中，再加上偶然等因素的影響而造成的結果。想要在腦海裡安排好這麼多事情，確實有點勉強。往往不是寫得不合邏輯，就是太過簡單。

所以我建議各位從歷史中學習。只要採用實際發生過的政治、戰爭或陰謀的架構，或是將好幾件事組合在一起，自然就能創作出具有說服力與真實感的故事情節。因為那真的是人們的種種想法跟偶然層層累積而引發的事件。

戰爭方面也可以參考兵法書或軍略書的內容。古代中國的兵法書《孫子》記載了優秀將領與愚昧將領各自具備什麼條件、危險狀況，以及物資補給的重要性等。《三十六計》則有故意將敵軍誘至對側接著趁機進攻的「聲東擊西」等三十六個兵法策略。只要加以應用，應該就能寫出具有說服力的戰爭場景。

### 國家的歷史

奇幻要素是何時誕生（被發現）的？可以是數十年前、數百年前，甚至追溯到人類這個物種出現時也無妨。

歷史長短的差異會影響到奇幻要素在國民之間的普及程度，以及國民對奇幻要素的看法。要是歷史不算久遠，或許還處於混亂之中，就算奇幻要素再怎麼好，有時也不被人們所接受。

### 特色

奇幻要素帶來的新產業或文化等也可能成為特色。若是優點也就罷了，有時比較明顯的反而是下文的問題等方面。雖說是「特色」（較為優異之處），但要是比較顯著的是「缺陷」，也不妨寫下來。

### 問題、課題與隱憂

就算巫師抱持著善意將自己的能力貢獻給社會，世界也不太可能變成完美的烏托邦。就像經濟與產業項目中提到的一樣，或許會出現貧富差距，也可能濫用魔法做出犯罪行為。

要是奇幻要素的歷史不算久遠，也可能有成堆的課題或隱憂尚待解決（反之，如果還在發展當中，未來也可能變得更好）。

請將前面寫下的項目重看一遍，並想想看，有沒有哪一點可能變成負面的。

| 特色 | |
| --- | --- |
| 問題、課題與隱憂 | |
| 備註 | |

# 遠未來 ★1★

人類前往地球以外的地方會怎麼樣？外太空都有些什麼呢？
要是繼續在地球過生活，
人類這種生物或許會踏出新的一步也說不定。

如果近未來指的是數十年後，那麼遠未來就是數千年後，甚至是更久遠的未來。到了那個時候，你我如今的生活說不定都消失得一乾二淨，只能在珍貴的歷史書籍中看到。

既然要創造的是誰也沒有正確答案的未來，那就會比打造奇幻異世界還要來得辛苦。奇幻異世界可以拿現有國家和歷史當作範本，遠未來則幾乎得從零開始創作。雖是相當累人的作業，但可以自由發揮，不受任何限制。如果你很喜歡思考如何創造世界，請務必要挑戰看看。

## ★ 舞台也可以是地球以外的地方 ★

什麼都可以自由發揮，或許反而讓人不知從何著手。首先就來想想看，要把舞台設在地球還是地球以外的地方。

### ● 以地球為舞台

那個時代還有人類的蹤跡嗎？常見的設定是，AI扳倒人類，成為地球的子民。人類擔心種族滅絕，因此有一部分的人利用人體冷凍技術（冷凍睡眠）將自己冷凍起來等故事情節。進行世界設定的時候，可以想一想AI如何在人類被驅逐出境

的地球上生活。

當然人類也有可能像現代這麼繁榮昌盛。如果是這樣，不知道科學發展到什麼程度呢？也許不再需要像現在這樣辛勤工作，甚至最後可能只剩下意識還維持著生命活動。到了那個時候，不知道世界會變得如何。

### ● 以地球以外的地方為舞台

離開了地球，舞台就會是外太空或者誰也無法想像的異次元。無論是在何處，故事中的人物都需要一個基地來進行活動。要是以外太空為舞台，常見的是地球以外的行星，或是永遠在航行的太空船。當然不見得一定要是船，外形為電車或車輛也無妨。講究外形或許也能產生不錯的效果。

決定要以哪個地方為舞台之後，就要來想一想登場人物是人類還是人類以外的生物。

## 舞台細節

| | |
|---|---|
| **名稱** | |
| **面積大小** | |
| **人口** | |

# 遠未來 ★2★

## ★ 面積、人口 ★

　　無論舞台是設在地球，還是地球以外的地方，我們都可以從人口多寡看出那個舞台的性質。

　　要是人類比現在還要繁榮昌盛，而土地尚有空間，或許人口會比現在更多。供給這些人使用的資源，應該是足夠的，完全不需要煩惱資源不足的問題，更像是遠未來應該會有的狀態。

　　相反地，也可能因為自然災害等因素導致人口劇減。此時就只有被選中的幸運兒可以活下來或是過上好生活，沒被選中的人則是生活艱困。人口稀少，生產率自然就會下降，因而處於慢性糧食不足的狀況，或者是因為無法再創榮景，技術反倒退步。像這樣的情況，要是設定為大片土地荒蕪，只有少數地區適合居住，似乎更顯得真實。

　　要是將舞台設在外太空，例如在太空船上等情況，則可容納的人數有限。雖然可以用超技術等方式將可容納人數擴增為無限大，但是以故事來說，數量有限才顯得珍貴。也可以調查一下大型船隻實際上可容納多少人，以作為參考。

## ★ 地形、周遭環境 ★

　　這個項目也得從零開始考量。要是以新行星為舞台，就要決定陸地有多大、人們是否有大海的概念，以及適合登場人物居住的地方有多大等事項。

　　如果是船等交通工具，當然會有居住區，或許也有糧食生產區。另外，雖然跟地形的概念有些不一樣，但也要想想看船內有哪些區域、具備什麼功能。

　　至於環境方面，要是以地球為舞台，會是什麼樣的氣候狀況？數千年、數萬年之後，就算冰河期來臨也不足為奇，而且說不定到時候已經有技術可以度過冰河期。

　　要是以地球以外的地方為舞台，基本上跟氣候的考量是一樣的。對登場人物來說，能夠安居樂業還是得在嚴酷的環境中求生是很重要的問題。

　　船內應該不會下雨，但因為引擎一直運轉，或許整艘船裡面都很熱也說不定。另外，也可以把整艘船分成舒適區以及非舒適區，以呈現居民的階級差異。

## ★ 宗教、信仰 ★

　　數千年後也許並不存在宗教信仰，因為人們的生活或許已經進步到不需要去追尋神明這類眼睛看不見的力量。不過，從心靈寄託這一點看來，要是人們仍舊依賴宗教信仰，當然也不足為奇。有些人利用這樣的心理來造神，以便用於掌握實權——這也是可能的故事發展。

| 地形 | |
|---|---|
| 周遭環境 | |

| 宗教、信仰 | |
|---|---|

| 國民的階級／身分 | |
|---|---|
| 統治／治理 | |

| 與其他區域的關係 | |
|---|---|
| 鄰近區域（　　　　　） | |
| 同盟（　　　　　） | |
| 敵對（　　　　　） | |
| 交流（　　　　　） | |
| 其他（　　　　　） | |

# 遠未來 ★3★

## ★ 國民的階級／身分 ★

要是制定了一套明確的制度，卻未被用在故事中，那就沒有什麼意義。就算跟故事主軸無關，也要確實地反映在登場人物與居民的生活中。

就算沒有制度，但若有個人人畏懼、不可違抗的人物，有時就會產生類似於階級差異的關係。

另外也要來談一下「成年人與孩子」的身分別。現今日本將二十歲視為成年，未滿二十歲則是孩子。這個年齡有可能因為法律修訂而變更，因此成年人與孩子的界線會因為不同國家、不同時代而有所差異。就算年紀還是個孩子，但只要被視為勞動力，有時就能享有跟成年人一樣的待遇。請試著想想看，數千年後的世界會是如何。

## ★ 統治／治理 ★

日本如今是由國民投票選出代表，由代表人決定國家治理方針、法律以及如何運用國家預算等。換句話說，國家的方向可說是由具備選舉權的國民決定的（雖說問題並非可一以蔽之）。

數千年後是否仍有同樣的制度，得看人們的生活與環境而定。要是人口不多，也許只要大家討論一下就能決定很多事，或是由某個人帶頭，引領大家前進。

一個組織若是少了領袖，大多無法順利前進。因為人多嘴雜卻無人負責，或是造成意見太多，難以彙整的局面。從這個意義上來說，無論人口多寡、環境如何，最好都要有人擔任領導者，並建立起統治制度。

## ★ 與其他區域的關係 ★

要是環境艱困，可以跟周邊區域互助合作，但如果彼此是相互搶奪有限資源的關係，也不足為奇。

另外，要是周遭什麼也沒有，或者身處於正在航行的太空船中，那就有可能除了這群人之外沒有其他任何人。

## 技術

誰也不知道數千年後的技術會如何發展。相反地，也可以說「什麼都有可能」。

現在還無法做到的厲害技術、讓人驚訝連連的科學，或是直達天際的建築物等，可以有五花八門的創意。

## 飲食

就跟技術一樣，誰也不知道數千年後的飲食生活會是如何。科幻作品中常可見到營養均衡的糊狀食物。作品當中常有機會描寫用餐場面，因此得先決定好故事中的人物都吃些什麼。

| 技術 | |
|---|---|
| 電 | |
| 供水系統 | |
| 瓦斯 | |
| 交通工具 | |
| 道路開闢、養護 | |
| 建築 | |
| 機械技術 | |
| 科學 | |
| 醫療 | |
| 獨家技術 | |

| 飲食 | |
|---|---|
| 可取得的食物 | |
| 烹調方式 | |

| | |
|---|---|
| 語言 | |
| 教育制度 | |

# 遠未來 ★4★

## 語言

　　我們如今是靠著口頭對話或電子郵件等文字往來進行溝通。就算數千年後仍以同樣的方式溝通也無妨，不過如果能重新創造口頭對話或電子郵件之類的溝通工具，更像是遠未來會有的溝通方式。

　　或者也可以設定心電感應等其他對話方式，此時可一併想想看如何處理語言的問題。

## 教育制度

　　有時在科幻作品當中，會看到操控基因以生出優秀孩子這樣的設定。這麼一來，或許就不再需要教育了。就算有教育制度，或許也會有一種技術，只要機械性地灌入程式，就能學會某種技能。

　　另一方面，以道德為代表的情操教育又是如何？要是透過操控基因讓所有人都一模一樣，又要如何培育情感？父母親要怎麼教養孩子？再說到底有沒有教養的概念呢？

　　這些問題也都會大大影響到登場人物的個性。

## 經濟

　　我們現在都是用金錢來換取自己所需的物品或服務。金錢則是勞動所得或者來自於國家補助等。

　　首先請試著想想看，這項制度是否會持續到數千年後。若是因為AI的發展，人類完全不再需要工作，那麼賺錢的機會就會大幅減少。

　　不過，要是能把一切都交給AI，人類不用付出任何代價也能過生活。實際上也有描述這樣內容的作品。

　　要是沒有金錢上的往來，經濟本身的結構就會出現大幅度的變化。

## 產業、主要工作

　　人類的工作或許會被AI取代，但也有可能為了人生的意義等理由而特地創造新工作。此外，即使是在數千年後，有些工作或許還是得由人類來做不可。請先回頭看一下前面的設定，同時想想看有什麼工作是不可或缺的。

## 風俗人情

　　常識或者「就是得這樣」等價值觀、習俗以及人們例行的儀式等，這些事項不管想要多少，就能創造出多少。

　　但這麼一來可就沒完沒了，因此可以先試著想出幾個有特色的風俗人情就好。要是對現代人來說，這些民情很令人驚奇或者無法理解，反而會因為有落差而顯得有趣。

| 經濟 | |
| --- | --- |
| 產業 | |
| 主要工作 | |

| 文化 | |
| --- | --- |
| 風俗人情 | |
| 國民特性 | |

| 經濟 | |
| --- | --- |
| 舞台的歷史 | |

# 遠未來 ★5★

## 國民特性

就跟風俗人情一樣，要是任何價值觀或常識讓現在的我們難以理解，就會給人「數千年後的世界跟現在大不相同」的印象。

另一方面，如果放進一些跟現在一樣的想法，比較容易引起共鳴。以你想到的設定為軸，並試著取得平衡。

## 舞台的歷史

想想看，世界在這數千年的時光中是如何被建構的？只要大概的流程即可。

要是離開地球，會是因為什麼原因？怎麼離開的？又是在什麼時候離開的？（離開之後過了多久？）「是不是所有的人都離開了？」也很重要。

## 特色

從我們的眼中看來，這個世界或許可以說充滿特色。因此在寫成作品的時候，可能會把所有設定通通秀出來。充滿魅力的世界雖然能為故事加分，但也可能搶盡風頭，反而顯得故事中的人物不起眼。基本上，故事應該以登場人物為主軸。

為了避免這樣的情況發生，請把你認為「這需要在故事中強調」的要素逐一列出，以作為特色。以特色為軸來創作故事，也是可行的做法。

## 問題、課題與隱憂

要打造出沒有任何問題的完美世界並不容易。就算對人類來說適合居住，但或許某個地方隱藏著什麼負擔。

另外，或許數千年後「少數人得利，多數人生活艱困」這樣的事情依然存在。

若人們的價值觀與想法沒有太多變化，必然會有人際關係的問題。即使在同個組織、社會當中，為了一己之利益等理由而對立衝突也不足為奇。

## 槍械有什麼可怕？

槍械，或者稱為鐵炮，是藉由火藥的爆發力將金屬（主要是鉛）彈丸發射出去的武器，其改變了戰爭的形態。在創作奇幻故事時，故事當中是否出現槍械會大大影響到作品的氛圍。

槍械跟其他武器究竟有何不同，有多可怕呢？槍械大多價格不斐，火藥（黑火藥是用硫磺、木炭以及硝石製成）也不便宜，又是基於什麼理由而使用槍械呢？

雖然槍械也有單純的破壞力，但不只是這樣而已。首先，只要發射就會發出巨大聲響並且冒煙，有威嚇的效果。更可怕的是，只要扣下扳機就能奪去人命。劍或長槍等近戰兵器的可怕之處在於彼此廝殺，弓箭則是難以操作。不過，槍械可不一樣。有了槍械，普通農民也能立即化身為士兵，就算對上一以當千的勇士，也有可能殺光對手。

特色

問題、課題
與隱憂

備註

# 學園都市 ★1★

由孩子統治，全都是孩子的世界。
跟同伴一起在學校努力學習，生活方面也是一切都自己來。
如何維持秩序呢？

## 何謂學園都市？

所謂的學園都市，指的是大學或研究單位等教育機構密集的都市。但這裡的定義可不一樣。

**【大多數人口為學生，由他們負責統治與治理都市。】**

換句話說，在上位者並非社會人士，而是學生，都市的種種規定與法律等都由他們決定。教育設施跟以前一樣是學習的地方，但就算走到學校外面，商店老闆仍然也是學生。

這麼特殊的都市，大多位於特殊地點。整座島都是學園都市，或者位於人煙稀少的深山裡。雖然有跟其他地方交流，但基本上都是生活在學園都市裡，有時甚至還有「畢業才能離開都市」這種規定。

正因為是個封閉的都市，「全都由學生治理的都市」這個特徵才會讓人更加印象深刻。

學園都市作品相當受歡迎，甚至在輕小說領域占有一席之地。而學校這個關鍵地點也可以放入奇幻要素，例如魔法學校等特殊學校是常見的設定。正因為是特殊學校，基於保密等理由不對外公開，且由學生自治等特殊設定，也就顯得合情合理。

## 學校類型

首先要決定是教授什麼課程的學校。如果是一般學校，就少了點趣味，可能的話最好是教授特殊技能的學校。同時也要決定學生的年紀大小，這跟主角有直接的關聯。

設定為好幾間學校當然可以，像是大學與其附設學校（大學附設的國小、國中、高中）這樣也無妨。不過，這種情況就得決定自治權如何畫分。一般的想法應該是完全交由大學生自治，但附屬學校的學生也參與自治的話，似乎比較有趣。

如果是特殊學校，入學應該會有個門檻。要是順利畢業，就能從事相關工作。留在學校裡當老師或許也不錯。

學費這個項目常常被忽略。雖然也可以將主角設定為拿獎學金、學費全額減免，不過，這種情況就得想想看是誰幫他／她支付學費。

| 學校類型 | |
|---|---|

| 學校詳細資料 | |
|---|---|
| 學校所在地 | 鬧區／島嶼／其他（　　　　　　　　　） |
| 學生年齡 | 小學生／國中生／高中生／大學生／專科生／<br>其他（　　　　　　　　　　） |
| 課程具體內容 | |
| 學制 | |
| 入學門檻 | |
| 畢業門檻 | |
| 畢業後<br>主要出路 | |
| 學費 | |
| 有無<br>獎學金制度 | |

| 都市／學校名 | |
|---|---|
| 面積大小 | |
| 人口 | |

# 學園都市 ★2★

## 面積大小

學園都市的大小也會因為學校和研究單位的數量而產生變化。另外，若是需要用到大片土地的課程（例如農業學校有栽培與畜牧課程，需要廣闊的空間），或許就會是現代都市的大小。

也可以先決定都市有哪些主要建築物與設施，再反過來推算出「大概需要這樣的大小」。填寫有哪些設施的欄位在最後一頁，請在填寫完之後回到這一頁。

## 人口

基本上要決定學生人數等大概的人口數。不過，都市裡畢竟不可能連一個成年人也沒有。要是完全沒有成年人，那要由誰來當老師呢？而且都市治理多少需要成年人的協助。學生以課業為重，所以要是都市裡發生什麼問題，總不可能二十四小時隨時都有人可以處理。應該要有成年人來照看這些問題。

## 地形、氣候

我們在前一頁已經把學校所在地決定好了，因此接下來要決定的是周遭環境與氣候。「整個都市都在巨蛋裡面，不受天候影響」是很有趣的設定。相反地，在嚴酷的環境中努力求學也是可能的。

## 宗教、信仰

就像現實世界中有教會學校（由宗教團體所營運）一樣，有時是基於教義才會熱心向學。

若是培育戰士的學校，可每日向戰神祈禱；如果是農業學校，則每日向農耕神禱告。

## 居民的階級、統治

學園都市裡的居民，也就是學生，彼此為學長姐、學弟妹的上下從屬關係或許會直接以階級的形式呈現。這種情況就要想想看高年級的學生在學校與都市的生活享有多少特權。

學校的社團活動規定，新生不得使用更衣室（要在教室等別處更衣）、器材使用完畢由學弟妹負責收拾，要是把這些場景換成都市的話，就是學弟妹不得使用某些設施或商店吧！

除了學長姐、學弟妹的身分不同之外，也可以加上家世背景的差異（皇族、貴族、平民）以及實力差距。如果希望人人平等，當然也可以。

因為有階級差異，自然是由在上位者來治理，因此必須想想看在上位者有幾個人，如何選出及其權限範圍。

另外，也可以採用選舉制度，由學生投票決定如何治理都市。這樣似乎也會產生派系，如果打算描述組織衝突也很適合。

| 地形 | |
| --- | --- |
| 氣候 | |

| 宗教、信仰 | |
| --- | --- |

| 居民的階級 | |
| --- | --- |
| 統治 | |
| 學校與學生的關係 | |

| 校規 | |
| --- | --- |

# 學園都市 ★3★

## ★ 學校與學生的關係 ★

前文提過，都市治理得要有些成年人在才行。不過，有最多成年人的地方，應該還是學校。如果老師都是成年人，那麼大學校長應該也是由成年人擔任。

雖說如此，但學園都市畢竟是學生的地盤，學校也是由學生全權主導。這麼一來，老師跟校長就是受聘僱的身分，而學校的營運則是由某個學生負責。

## ★ 校規 ★

校規或許可說是學校的重點之一。也許有人覺得校規很煩人，但是從創作上來說，要是制定出什麼特殊或獨特的規定，可以讓故事顯得更有趣。除了規定本身所帶來的趣味之外，若違反規定的罰則也與眾不同，那就更好了。違反規定常見的罰則是閉門思過、掃地或者寫悔過書，但要是像「在戰鬥訓練中當人肉沙包」或「蒐集魔法實習課程所需的材料」，試著配合學校的特色來制定罰則如何？另外，像學園都市這樣的地方，學生大多住在學校宿舍（如果是有錢人家的孩子，也可以設定為獨自在外租屋），因此也要一併想想宿舍規則。

## ★ 技術 ★

思考方向跟奇幻世界並沒有什麼不一樣。首先決定以哪個時代為範本，接著按照那個時代的技術發展程度來寫就行了。若是特殊學校，有時其要素也會對技術造成影響，可斟酌調整。

## ★ 飲食 ★

對努力求學的學生來說，吃東西應該是樂趣之一。而且正是食慾旺盛的年紀。先把學生都吃些什麼想好，就能在創作時派上用場。

首先是食材方面。住在都市裡有沒有辦法栽種蔬菜等農作物，過著自給自足的生活呢？要準備所有的食材大概有困難，因此部分食材可以從外面買來。接著是如何烹調，又有哪些菜色？如果是以奇幻世界為舞台，就要選擇符合其世界觀的菜色。

## ★ 與其他區域、組織的關係 ★

首先得決定學園都市的存在是否對外公開，或者保持隱密。接著要考量是否有任何區域或組織跟它有關聯。就算要保持隱密，但考慮到生活就會知道，完全鎖國的做法不切實際。另外，跟畢業後離開都市的人仍有往來會比較自然。

若學園都市的存在並未特別保密，也跟外界有交流往來，或許就不會有人跟學園都市公然為敵。不過，要是別的地方也有學園都市，彼此就可能是競爭關係。

| 技術 | |
|---|---|
| 基礎建設 | |
| 交通工具 | |
| 道路養護 | |
| 建築 | |
| 機械技術 | |
| 科學 | |
| 醫療 | |
| 獨家技術 | |

| 飲食 | |
|---|---|
| 可取得的食物 | |
| 烹調方式 | |

| 與其他區域、組織的關係 | |
|---|---|
| 臨近區域<br>（　　　） | |
| 同盟（　　　） | |
| 敵對（　　　） | |
| 交流（　　　） | |
| 其他（　　　） | |

# 學園都市 ＊4＊

## 經濟、學生的生活

這兩個項目一起考量會比較清楚，也就是「學生如何賺取生活費」。

首要考慮學園都市裡的經濟狀況，學園都市要是保持隱密，經濟活動僅限於都市之中，就可以發行只能在都市裡使用的貨幣。

學生利用課餘時間工作賺錢，以購買自己需要或想要的東西。預繳的學費裡最好有包含住宿費與餐費，讓學生可以維持最起碼的生活，否則就無法專心於課業。

## 學生的工作

為了生活，除了自己想做的事之外，大概都還得工作。這就像是現代的打工一樣。要是家裡有給錢，或許就不用工作。如果希望更像學生時代的話，可以設定成是為了要去玩才打工賺錢。

學生都做些什麼工作呢？請備好幾種模式。店員、服務業……如果是由學生負責營運，那麼東西壞了應該也得自己負責。就跟校規一樣，要是學生做的是奇特的工作，可以讓故事顯得更有趣。

## 風俗習慣

都市主要由學生治理，並且生活其中。這是現實生活中不太可能發生的事，所以大概很難想像。不過，在這樣的環境中會有什麼樣的風俗習慣呢？

就像學生的作風一樣，動不動就舉辦活動如何？例如舉行比賽，優勝者可獲得都市發行的貨幣，並享有特殊待遇。這樣不但更能鼓勵學生勤奮向學，從創作的觀點看來，也便於舉辦活動。

其他諸如「上課時間偷傳紙條」、「有什麼活動時，很容易就能交到男／女朋友」等，要是出現一些學生特有的行為模式也很有趣。

## 學生特性

想要讓學生生活進展順利，就要把焦點放在團體中的相處模式。

「相互合作」、「透過溝通來解決」、「沒辦法解決時，就透過比賽來決定」等似乎是共同的價值觀。

另一方面，「要是敢光明正大地翹課，就是個男子漢」、「只要沒被發現，就算做點壞事也無所謂」等學生會有的孩子氣的想法，或許也是都市裡的常識。

不要避開人性的陰暗面。既然都是心智尚未成熟的孩子，應該也會有一些不友善的人。

在作品裡寫出這類想法有可能破壞氣氛，但要是讓登場人物之一呈現出這樣的一面，就會顯得更真實。而且在創作故事中的小插曲時，也能有更多選項。

| 經濟 | |
|---|---|
| 學生的生活 | |
| 學生的工作 | |

| 文化 | |
|---|---|
| 風俗習慣 | |
| 學生特性 | |

| 都市與學校的歷史 | |
|---|---|

## 學園都市 ★5★

### ★ 都市與學校的歷史 ★

　　都市與學校如何形成？先有都市，後來才出現學校？還是學校逐漸發展擴大為都市？更重要的是，為何由學生自治？

　　學校應該是有人創建的。他／她是為了什麼目的而創建學校與都市？請想一想都市與學校的歷史。

### ★ 現有的設施 ★

　　既然稱為都市，應該會有一定的設施。學校與研究機構的規模如何？有哪些設施？學生生活所需的商店與服務是否完善？試著想想看，要是自己也在這個都市裡生活會希望有哪些設施，再把答案填入欄位裡。雖然作品當中並不會鉅細靡遺地列出所有事項，但作者若是能在腦海中明確掌握都市的形象，就能描述得更真實。

### ★ 問題、課題與隱憂 ★

　　由心智尚未成熟的學生負責自治，免不了有不完善之處。就像現實世界裡的學生會一樣，負責營運的成員每年換人，如此就會不穩定，有可能出現「去年營運得很好，今年卻不怎麼樣」的狀況。

　　另外也來談一下學校的問題。例如這幾年都招不到優秀學生、課業壓力大到有學生從都市逃走，或者退學率很高等現實生活中會有的問題，即使發生也不足為奇。這些問題一般是由成年人來解決，不過既然只有學生，又該如何處理？不受成年人所束縛，如同天堂般的都市，說不定會帶來許多新煩惱。

## 都市的誕生地

　　都市是人、物與資訊的聚集之處，因此有邂逅，有別處見不到的技術、工具、物品及服務，也有具備特殊職業與立場的人。都市也是適合在故事中發生特殊事件的地點。

　　那麼，有沒有什麼地方容易打造出這樣一座都市呢？其實是有的。首先是人群容易聚集之處。大馬路旁、湖畔或河畔、可建造港口的海岸等地方由於交通便利，自然容易有人群聚集。道路交叉口往往會形成市場，接著周遭出現許多住家，進而發展為都市。另外，著名的寺院或宗教聖地等地方也會引來人潮，自然就會有一股力量形成都市。

　　安全也是很重要的因素。由強有力的領主所治理、有高牆保護或者有高山或森林等自然屏障的地方，就會有人群聚集。尤其在近代以前，因為有可能被野獸或不法之徒襲擊，多數人都希望住在有辦法保護自己的身家性命的地方，過安穩的生活。

| 現有的設施 | |
| --- | --- |
| 問題、課題與隱憂 | |
| 備註 | |

## 神話的娛樂性

世界各地都有自古流傳至今的「神話」，這些神話就像是我們想寫的娛樂小說祖先一樣。人們仰賴神話來理解世界如何運作。世界為何誕生？世上的生物從何而來？神話透過眾神的言行，為我們解答疑惑。

另一方面，神話也是娛樂。英雄打倒怪物，贏得美人心的故事，讓人們著迷不已。不僅如此，就連現在的我們，也對眾神的故事相當熟悉。

神話中的人物也常在現代作品中登場，不是被拿來替武器或技巧命名，就是被當成故事的創作構想。

### ★多彩多姿且規模宏大的神話★

為何神話會被當成娛樂小說的題材呢？

首先，世界各地都有許多充滿吸引力的神話故事，創作題材相當多元。

希臘神話中，眾神就跟人類一樣有七情六慾而且各具特色；北歐神話中，奧丁的流星之槍岡格尼爾、雷神索爾的雷霆戰鎚等致命武器廣為人知；凱爾特神話中，庫胡林、芬恩·麥克庫爾等英雄大為活躍；印度神話中的激烈戰爭場面則是讓人印象深刻。以規模來說，基督教等宗教經典中記載的天譴與啟示錄，也是相當聲勢浩大；另外，日本的《古事記》、《日本書紀》當中，也記載了日本神話。第9頁介紹過的「國家誕生」，

以及素戔嗚尊、大國主神、日本武尊等英雄的事蹟也相當著名。

這些故事是世界各地的人們歷經漫長歲月累積而成，內容確實變化多端，應該要善加利用。

規模宏大的場面在神話中並不罕見。神話當中有許多描寫世界誕生或世界末日的故事，而且也把人類無能為力的大自然現象（打雷、颱風、洪水等）歸諸於神靈，因此有許多大事件。如果你想寫的是規模宏大的故事，請務必參考神話故事。

### ★神話與現代的差距★

另一方面，神話也有些該注意的地方。神話創作的年代相當久遠，所以很難直接把場景搬到現代。除了故事情節跟現代人的價值觀不一致之外，從本書的主題──也就是設定世界觀的觀點看來亦是如此。神話的世界觀缺乏合理性，有時會為了帶來震撼而附上驚人的數字，此點是令許多現代人難以接受的設定。

因此可以只選用神話裡的武器或怪物等部分，或者「太像神話而過於違和，但為了營造充滿幻想的氛圍，就用這個設定吧！」像這樣自己做個取捨。

# 第 3 章

## 創作筆記 範例

本章節備有五種不同世界模式的範例。

除了特意為每個世界賦予特色之外，

也配合其特色進行設定，以免出現矛盾。

希望提供給想要創造世界的讀者作為參考。

# 範例解說

## ☆ 奇幻異世界 ☆

創作構想來自於中世紀後期的瑞士，正是打算脫離神聖羅馬帝國的哈布斯堡家族統治時期。故事透過「魔法石」這項設定來展現奇幻色彩，並且連結到想要推翻統治的理由。另外，由於將舞台設在隔阻東西交通的山上，不僅可展現多元文化，且因為位於貿易路線上，還可讓各具特色的人物登場。這麼一來也能對應複雜的故事情節。

## ☆ 近未來 ☆

在創作近未來的故事時，要是能針對現有的技術與社會問題來發揮，會比較有趣。而說到現在，就不能不提社交距離。但如果原因是出在疾病上，構想又太過簡單，可再多花點心思。

因此我選擇費洛蒙，並針對「操控人心能不能被原諒？」、「但若是太過於防備他人，不就沒有任何交流了？」等主題深入探討。

## ☆ 現代奇幻 ☆

光是有魔法的現代世界並不怎麼有趣，因此將其設定為「來自異世界的侵略」。選擇東京都練馬區作為舞台，是因為此地與動漫、特效有密切的關係，就算把這個地方弄得亂七八糟，也還能讓人接受。雖是以坦然自若的人們為藍圖，但也可以描述他們如何為一去不返的平凡日常而苦惱。

## ☆ 遠未來 ☆

既然是遠未來，我想打造大規模的科幻世界。不過，比起一般的星際科幻通俗劇，我更希望能帶點趣味，因此有了「主題樂園」的構想。

這樣的模式大多會被設定為「廢墟」或者「文明滅絕之後」，但我特地將其設定為還在營運的地方，因為這樣才能探討「跟人類極為相似的生命被當成工具使用的倫理問題」此一主題。

## ☆ 學園都市 ☆

要寫的既然是學園都市，我一開始的想法是「那就盡量把它設定成光靠學生就能運作的地方」。然而只有學生──也就是孩子，能做的畢竟有限。既然如此，就派出機器人吧？因此有了「巨型機器人學校」的構想。

另外，既然要寫，也希望能加上一點奇幻色彩，所以試著把它設定為「都市的所在地藏有某個祕密」。我想這樣會是獨特的作品。

| 國家範本 | 歐洲（尤其是瑞士） |
|---|---|
| 時代 | 中世紀後期 |

## 奇幻要素

　　有魔法，有怪獸。這個世界的魔法，是透過普遍存在的魔力而產生的特別現象。

　　魔力不均就會產生怪獸。雖然魔法也有效，但由於怪獸已經被實體化，一般的武器也能將其打倒。對人類來説，怪獸「雖是處理起來很麻煩的野獸，但只要制伏牠，就能取得魔法石」。

　　魔力的使用效率與最大使用量視個人天賦而定，只要消耗魔力結晶而成的「魔法石」，即使缺乏天賦，也能施展出一定程度的魔法。

　　要是有足夠的魔法石以及可運用魔法石的巫師，就能大規模開墾出大片田地，或者利用鐵礦石製造大量武器等，可望增強國力。當然在戰爭時期也能派上用場。因此，即使是小國，只要在國內發現魔法石礦脈，就能一下子壯大。相反地，光是有魔法石礦脈枯竭的謠言流傳，國內局勢就會變得不穩定──這樣的情況並不罕見。尤其最近幾年發明的以魔法石為能源的魔法石機械已然變得普及，因此只要手中握有大量優質魔法石，就能掌控一個地方的命運。

　　所以每個國家都在尋找魔法石礦脈，也都在試圖隱藏其所在地。

| 國名 | 布朗自治區 |
|---|---|
| 面積大小 | 四萬平方公里（大約等同於當時的瑞士） |
| 人口 | 兩百萬人左右 |

# 奇幻異世界★2★

| 地形 | 橫跨大陸中央與東部之間的布朗山脈以及周邊區域，自古以來即為交通要道。 |
|---|---|
| 氣候 | 極為寒冷，積雪量也多。 |

| 宗教、信仰 | 雖然也有將布朗群峰神格化的古老信仰，不過目前以大陸人民廣泛信仰的一神教勢力最大。 |
|---|---|

| 國民的階級 | 自治區內並無階級差異，然而宗主國蓋爾帝國的人為實質上的貴族。 |
|---|---|
| 政治 | 自治區內有七個州，分別由各州權貴彼此協商治理。不過，他們被賦予的自治權非常小，實際上得要看派遣至各州的帝國總督的臉色。 |

| 與其他國家、區域的關係 | |
|---|---|
| 鄰國<br>（　　　） | 西邊有蓋爾、斯帕達，東邊則與各國聯盟相接。 |
| 同盟<br>（蓋爾） | 實質上的宗主國、統治者。 |
| 敵對<br>（斯帕達） | 蓋爾帝國的競爭對手，時常為了自身利益發動入侵。 |
| 交流<br>（東方區域） | 可從有貿易關係的各國聯盟獲得祕密支援。 |
| 其他<br>（　　　） | 自然產生的怪獸數量遠比其他地方要來得多，人民苦不堪言。 |

| 技術 | |
|---|---|
| 電 | 無（魔法石機械可部分替代）。 |
| 供水系統 | 無 |
| 瓦斯 | 無（魔法石機械可部分替代）。 |
| 交通工具 | 馬和馬車。少數人乘坐以魔法石為能源的車子或火車，此外也有飛行器陸續問世。 |
| 道路養護 | 大馬路整修得相當完善，也有怪獸防範對策。 |
| 建築 | 石造建築。 |
| 機械技術 | 因為有魔法石的緣故，部分可達到近代水準。 |
| 科學 | 基本上是中世紀水準。 |
| 醫療 | 魔法治療的水準相當高，但價格昂貴且稀少。 |

| 飲食 | |
|---|---|
| 可取得的食物 | 栽種小麥與菇類，畜牧業發達。 |
| 烹調方式 | 生活艱困，因此以簡單烹煮的食物為主。 |

| | |
|---|---|
| 語言 | 幾乎都使用蓋爾帝國語。 |
| 識字率 | 相當低。 |
| 教育制度 | 一般來說，幾乎都沒有受教育，只有向父母親或師傅學習技藝（巫師也算是某種專業技師）的程度而已。想接受高等教育的人會去其他地方留學。 |

奇幻異世界 ★4★

| 經濟 | 連結東西方的道路周邊，自古即因貿易而繁盛。不過，遠離道路的區域不僅人口稀少，經濟也不發達。 |
|---|---|
| 產業 | 連結東西方的貿易自古以來就是最主要的產業。雖然礦場也是重要產業，但因為大多位於山岳地帶，很難進行大規模開發。近年來於山岳地帶發現魔法石礦脈，在帝國的主導下進行大規模的開發，然而收益大多歸帝國所有，自治區的人們多半是被迫強制勞動。 |
| 主要工作機會 | 以驛站和礦場為主。各個村落都有小規模的農業與畜牧業。襲擊主要街道與村落的怪獸由勇士負責擊退。 |

| 文化 | |
|---|---|
| 風俗人情 | 融合了大陸中央的歐洲風格與東方的亞洲風格。有錢人家可享用大陸中央的紅酒及東方的香辛料，生活豪奢。 |
| 國民特性 | 由於大多是原本就生活在狹小區域的民族，大家的心態都是各人自掃門前雪。不過，近年來由於反對帝國統治的緣故，整個民族越來越有團結意識。 |

| 國家的歷史 | 這個地方自古以來從未建立過國家。山中有好幾個村落，散落於有一定程度的開發之處。連接東西方的道路周邊也有熱鬧的街道，卻未形成統一的國家，但彼此結盟，歷代以來皆臣服於周邊的強勢國家。<br>然而目前的宗主國——蓋爾帝國——為了與東方各國之間的貿易利益，以前所未有的方式牽制從屬國，更因為發現魔法石礦脈而加速牽制，於是各地出現反帝國勢力。 |
|---|---|

| 特色 | 這個世界的特色為「有魔法，而且要施展魔法，就得仰賴魔法石」，地域特色則為「山多平地少，介於兩大區域之間，受強勢國家統治」。這兩個要素加在一起，就成了「為了生產魔法石而被奴役的人們群起反抗」這樣的故事。 |
| --- | --- |
| 問題、課題與隱憂 | 最大的問題是蓋爾帝國的統治。蓋爾帝國是周邊地域當中最大的國家，從布朗自治區獲得許多利益，因此就算當地人想獨立，也沒那麼容易。<br>另一個問題是，自治區的人們意見分歧。自治區的人各有各的特質。有些人受到大陸中央較大的影響，偏向於歐洲派作風；有些人受到東方的影響較大，偏向於亞洲派作風。有些人希望獲得其他國家的援助；有些人則期盼自治區能完全靠自己的力量奮戰到最後。 |
| 備註<br>（可填入前述項目未涵蓋的內容） | 到了這個設定階段仍未具體決定「這個世界使用的是什麼樣的魔法」、「魔法石該如何使用」、「使用魔法石的科學與機械是什麼」。若是未能在實際創作時寫出細節，似乎就不會是什麼有趣的內容。<br>另外，魔法石的構想來自於歷史上的石油與煤炭。如果想讓細節上的設定更顯得真實，或者想在作品中仔細描述的話，不妨去查查能源的歷史。 |

近未來 ★1★

| 國家範本 | 現代日本 |
|---|---|

## 與現今的差異（技術進步或退步到什麼程度）

　　五十年後，人類可以透過費洛蒙操控他人的情感（由於地球環境改變，人類遭受蟲獸襲擊，因此發展出這項能力以作為防範對策）。

　　可操控的是「喜愛」、「厭惡」、「生氣」及「悲傷」等情感，雖然不會對別人造成很大的影響，但許多人過分恐懼，因此普遍都有「用費洛蒙來影響別人也太無禮」、「隔著一段費洛蒙傳送不到的距離所建立的關係，才是真正的人際關係」等價值觀，於是人們的溝通方式變成以網路為主。

　　每個人出門時，都會戴上抗費洛蒙口罩，並且穿上抗費洛蒙外套。

　　另外，雖然社會情勢與技術等方面也隨著時間推移出現變化，不過並沒有劇烈的改變。機器人與人工智慧雖然變得普及，但人類並未前往外太空探險。世界設定的重點完全放在「人類因為費洛蒙的關係，不太會以面對面的方式來溝通」、「社會也因此出現許多變化」這兩方面，近未來的技術有多厲害並不是世界設定的重點。

　　日本、美國、中國、歐洲等主要大國也維持原樣，好讓讀者的注意力不會偏離主題，同時也能讓讀者有熟悉感。

| 國名 | 日本 |
|---|---|
| 面積大小 | 沒有變化 |
| 人口 | 八千萬人（由於少子化的緣故） |

近未來 ★2★

| 地形 | 跟現在一樣。不過，東京等各都市的人口減少，密度也降低了。 |
|---|---|
| 氣候 | 變得更近似於亞熱帶，也常有豪大雨。 |

| 宗教、信仰 | 跟現實世界中的日本一樣有神道教、佛教、基督教等多種宗教。 |
|---|---|

| 國民的階級 | 跟現實世界中的日本一樣，法律上並沒有階級制度。不過，無法進行視訊通話的職業與貧民都是受歧視的對象。 |
|---|---|
| 政治 | 跟現實世界中的日本一樣是民主主義。選舉等一切行政程序都變得可以線上辦理。 |

| 與其他國家、區域的關係 | |
|---|---|
| 鄰國 （　　） | 有友好國，也有敵對國。 |
| 同盟 （　　） | 除了美日同盟之外，大都能也維持友好關係。 |
| 敵對 （　　） | 跟部分利用費洛蒙進行統治的國家處於敵對狀態。 |
| 交流 （　　） | 無論是政治還是經濟上，都以視訊會談為主流。 |
| 其他 （　　） | |

**近未來 ★3★**

## 技術

| | |
|---|---|
| **基礎建設** | 沒有太大的變化。網路環境完善。 |
| **交通工具** | 電車、飛機或公車等交通工具沒落，自用車和計程車則還有。 |
| **道路養護** | 仍有車道供必須外出的人使用。 |
| **建築** | 設有許多無塵室和個人房。 |
| **機械技術** | VR遠端操控（Telexistence）等機器人技術有所進展。 |
| **科學** | 雖有進步，但或許是因為人與人之間的溝通減少的緣故，進步不如預期。 |
| **醫療** | 除了進行費洛蒙抑制劑的研究之外，運動量減少導致慢性病發生也是待解決的課題。 |
| **其他** | 也有人學習神祕學，尋求隨心所欲操控費洛蒙的技術。 |

## 飲食

| | |
|---|---|
| **可取得的食物** | 由於費洛蒙的功效，家畜繁殖相當盛行。另一方面，也有人認為那是在虐待動物。 |
| **烹調方式** | 跟現在沒有太大的差別。 |

| | |
|---|---|
| **語言** | 仍使用日文（也能透過費洛蒙進行簡單的溝通）。 |
| **教育制度** | 有許多透過視訊或虛擬空間進行的課程。 |

近未來 ★4★

| 經濟 | 戰後嬰兒潮以及戰後第二次嬰兒潮等人口成長的世代去世後，人口減少，經濟規模縮小。不過，人口年齡結構取得平衡，人口老化的問題趨緩，因此經濟變得穩定。 |
|---|---|
| 產業 | 小規模的商店以及有實體店面的餐廳減少，觀光業轉為遠距。 |
| 主要工作機會 | 越來越多人從事遠距工作。維持社會正常運作所需的工作（essential work）也能透過遠端操控機器人完成 |

| 文化 | |
|---|---|
| 風俗人情、現在的流行 | 人與人接觸的機會減少，使得時尚產業衰退，人們開始在虛擬世界裡尋求更具獨創性的流行時尚。 |
| 國民特性 | 跟現代日本人沒有太大的差別，但是害怕與人接觸、擔心被人知道自己內心深處想法的人增加了。 |

| 國家的歷史 | 遭受害蟲與野獸襲擊大約二十年之後，災害狀況減輕。研究結果顯示，有越來越多的年輕人是費洛蒙體質。以作品中的現在來說，幾乎所有人都是費洛蒙體質。 |
|---|---|

近未來 ★5★

| 特色 | 人類可透過費洛蒙操控情感（無法控制他人的想法，也沒辦法命令他人做事），但若保持距離，費洛蒙的影響就會大幅減少，所以人人都會保持社交距離。 |
|---|---|
| 問題、課題與隱憂 | 面對面溝通的機會減少，因此有人擔心社會是否會因此而失去活力。人類社會是否就這樣走向滅亡？還是能開創新局？ |
| 備註 | 有些人的費洛蒙會造成很大的影響，相反地，有些人雖然完全不會散發費洛蒙，卻也不會受到別人的費洛蒙所影響。<br>這些設定可以用在戰鬥類、超能力類等故事中，而本書提供的範例則是設定為青春愛情類、職業類等類型的科幻世界，並加上稍微有點不可思議的設定來潤色。 |

| 國家範本 | 現代日本（東京都練馬區） |
|---|---|

## 與現實不同之處

　　目前地球正遭受異世界侵略，而且是來自好幾個世界的侵略。儘管如此，攻擊被控制在很小的範圍內。

　　為了擴大勢力範圍、補充枯竭的能源、獲得新技術以及移居等多種目的，各世界紛紛以地球為目標展開侵略。然而地球跟他們所處的世界有相當不同的物理定律，他們在地球上行動不便。因此，各世界聯手改寫某個地方的物理定律以方便活動。那個地方就是東京都練馬區。

　　來自異世界的勢力以練馬區為舞台展開攻擊，不過地球這一邊也不會悶不吭聲。各個國家除了分析異世界的科技之外，也派了一些原本就遵循特殊定律（魔法）的人前往練馬區展開激戰。令人意外的是，練馬區的民眾對這樣的狀況倒是逆來順受。

　　世界雖然遭到侵略、處於危險的狀況，卻也因此有了新的技術和價值觀，甚至有人從變化中發現商機及找到出人頭地的機會，整體來說變得欣欣向榮。

| 國名 | 練馬區（都市名） |
|---|---|
| 面積大小 | 原本與現實世界中的練馬區一樣，但目前有部分時空扭曲 |
| 人口 | 八十萬人（許多人遷出，也有許多人遷入，因此略為增加） |

現代奇幻 ★2★

| 地形 | 仍是東京都二十三區之一——練馬區——原本的狀態。 |
|---|---|
| 氣候 | 基本上跟原來一樣四季分明，但偶爾會出現極端天氣。 |

| 宗教、信仰 | 除了原本的宗教之外，也有人能夠接納從侵略地球的世界傳來的宗教。 |
|---|---|

| 國民的身分 | 原本的居民仍然是日本國民（有些人受到異世界的影響改變了外形，然而其國籍仍受到認可），而友善的異世界人身為外籍人士的權利也受到認可。有些人被異世界的人逮住，成為奴隸，也有些人歸順異世界，成為當地市民。 |
|---|---|
| 政治、法律 | 法律上仍然是「東京都練馬區」，並由日本統治。法律也跟原來一樣。<br>然而區內許多地方很大程度上受到異世界的各種勢力影響，所以成為異世界的領地，不受日本統治。狀況如此混亂，因此也有罪犯藏身於此。 |

| 與其他國家、區域的關係 ||
|---|---|
| 鄰國<br>（異世界各國） | 不見得一定是敵對關係。 |
| 同盟<br>（　　　） | 警告異世界即將來襲的流亡者。 |
| 敵對<br>（　　　） | 侵略國。 |
| 交流<br>（　　　） | 尋求商業往來的人。 |
| 其他<br>（其他地球國家） | 也有些國家偷偷派來間諜。 |

| 技術 | |
| --- | --- |
| 基礎建設 | 大致上仍然跟現代一樣。 |
| 交通工具 | 除了以往的交通工具之外，也乘坐馬匹以及恐龍、飛行器等來自異世界的交通工具。 |
| 道路養護 | 道路可能因戰爭而毀損，但很快就會修好。 |
| 建築 | 來自異世界不可思議的建築物，以及異常快速的修復技術變得普及。 |
| 機械技術 | 有些世界獨家的機械技術帶來許多影響。 |
| 科學 | 異世界的人帶來融合了魔法的科學，而針對這類科學的研究正在進行當中。 |
| 醫療 | 拜療傷魔法所賜，重傷（症）者的治療效果比其他地方來得好。 |
| 奇幻設定上的技術 | 魔法、融合了魔法的科學、人形機器人，以及作為家畜飼養的恐龍等，來自各世界的技術融入了人們的生活中。 |

| 飲食 | |
| --- | --- |
| 可取得的食物 | 原有的田地面積擴增，主要栽種來自異世界的農作物。（明明是植物，其中有些作物卻能自己動來動去！） |
| 烹調方式 | 地球的烹調方式備受好評，許多異世界人被地球料理深深吸引。 |

| | |
| --- | --- |
| 語言 | 仍然使用日文。 |
| 教育制度 | 大致上仍然跟日本一樣，只是為了讓友善的異世界人以及改變了外形的地球人也能受教育，而採取小班制等便於調整的做法。 |

現代奇幻 ★4★

| 經濟 | 大致上仍然跟日本一樣。 |
| --- | --- |
| 產業 | 除了以往的產業之外，也生產來自異世界的產品，並研發獨家技術。很多產業是在練馬以外的地方無法發揮功能，因此自然是以這些為主。 |
| 主要工作機會 | 基本上仍然跟日本一樣，只是出現了運用特殊能力與技術跟異世界的侵略者對戰並在其後收拾殘局的新工作。 |

### 文化

| 風俗人情、現在的流行 | 來自異世界的流行時尚或電玩等風行一時。 |
| --- | --- |
| 國民特性 | 除了日本人原有的性格之外，目前的情況是許多民眾表現得坦然自若。異世界人展開攻擊就去避難，攻擊結束後又恢復正常生活。即使對方是異世界的人，只要不太過激進，還是可以正常往來。 |

| 國家的歷史 | 異世界從三年前展開侵略，雖然一開始非常混亂，但目前呈現膠著狀態，戰爭場面成為日常風景。<br>從日本的立場來看，練馬區得到的好處不少，況且也不希望發生大規模的戰爭，因此抱著得過且過的心態。雖然有許多民眾逃離此區，但冷靜想想其實災情也不嚴重（受制於彼此的戰力，異世界的侵略大多僅限於局部，幾乎都是互派代表進行小規模的戰鬥而已），而且因為物理定律改變的緣故，許多研究只能在這裡進行，所以有很多工作機會。很多人留下來，也有不少人搬來此區。國家的立場也不希望誇大事實，因此不會勉強民眾去避難。 |
| --- | --- |

| | |
|---|---|
| **特色** | 以現代日本為基礎，並參雜多種文明與價值觀。 |
| **問題、課題與隱憂** | 荦體來說，留在此區的人性格堅毅，雖說陷入膠著狀態，但仍有侵略行為與武裝衝突，因此也有許多人受害，不少人將目前的狀況視為問題。況且侵略者並不滿足於膠著狀態，有些侵略者還有侵犯其他區域或破壞練馬區的打算。 |
| **備註** | 主要侵略者如下：<br>阿盧卡拉帝國（將科學與魔法融合為一的侵略國）、<br>朵拉岡（與恐龍共存的野人，正在想辦法拯救故鄉）、<br>鬥魯茲（將原本的主人殺得一乾二淨的暴走機械）、<br>艾斯帕達（故鄉所在的那個世界已經不復存在的流浪劍士）、<br>肯原堤克諾羅茲（商業國家。跟地球雖是敵對關係，卻保持商業往來）。 |

## 遠未來 ★1★

| 國家範本 | 中世紀～近代歐洲以及主題樂園 |
|---|---|

### 舞台細節

　　在遙遠的未來，地球上的人類前進外太空，接觸到許多不同星球的人，並成為大規模星球聯盟的一份子。這個時代的地球人擅長娛樂領域，尤其以奇幻題材最受歡迎。說到地球人，大家都會聯想到奇幻。

　　因此，有一間從地球發跡的大企業賭上自家公司的命運開設了超大型渡假村兼主題樂園「奇幻樂園」。他們將某個星球上的大型島嶼整個改造成奇幻風格的世界。

　　生活於該地的是可繁衍後代的活體機器人，他們從未想過自己的生活是一種展覽。他們種植農作物、畏懼怪獸、談戀愛、生小孩，然後死去，就像一般的生物一樣。

　　奇幻樂園創立至今已有三百多年，直到現在仍有來自外太空各地的觀光客前來參加冒險活動，然而當地居民對這件事毫不知情。

　　如上所述，這個世界的設定既有科幻也有奇幻，很難分得清。科幻（經營奇幻樂園的公司）與奇幻（島上的生物）彼此相關，不過也有其他世界的居民。

| 名稱 | 亞魯堤瑪島（奇幻樂園） |
|---|---|
| 面積大小 | 跟日本本州差不多大小 |
| 人口 | 五百萬人 |

| 地形 | 略微歪斜的圓形島嶼。島上有山有谷,有草原、森林、沼澤、大河……什麼樣的地形都有。至於氣候方面,島上各地也有相當大的差異(這是為了讓冒險體驗更加有趣)。 |
|---|---|
| 周遭環境 | 島上居民相信大海的另一邊什麼也沒有。這個星球其實是星球聯盟的成員之一,大海的另一邊有城市。這座島被能量場所包圍,不僅看不到對岸,也無法穿越。 |

| 宗教、信仰 | 島上居民信奉多神教,這個宗教有「善神與惡神一直處於對立狀態……」這樣的神話內容。神明的稱號取自奇幻樂園開設時主要員工的名字。有些員工為長壽民族,不但還活著而且繼續參與公司營運。 |
|---|---|

| 國民的階級／身分 | 這座島由十國統治,也有貴族存在。魔族與人類為敵,同樣也有國王和貴族。此外還有一群人被稱為「神的使者」,祕密從事活動。這群人其實是主題樂園的管理員,工作內容是注意有無遊客遭遇危險。 |
|---|---|
| 統治／治理 | 從奇幻世界的立場看來,島上有人類王國與魔族王國彼此爭戰,島內各勢力互相牽制。<br>另一方面,從主題樂園的立場看來,這座島由公司經營管理。每年都有好幾百萬人來到島上,安全地享受「真實」的冒險後平安返家。此外公司也要提防島上居民發現真相,且要避免這座島過度發展。 |

## 與其他區域的關係

| 鄰近區域<br>(島嶼以外的地方) | 必須經由公司安排的特別路線(地下通道)才能往返。 |
|---|---|
| 同盟( ) | 無。 |
| 敵對( ) | 人類王國與魔族王國彼此爭戰。 |
| 交流( ) | 無。 |
| 其他(經營管理) | 島上一切由公司管控。 |

# 遠未來 ★3★

| 技術 | |
|---|---|
| 電 | 島上沒有。 |
| 供水系統 | 有完善的古羅馬帝國風格的供水系統。 |
| 瓦斯 | 島上沒有。 |
| 交通工具 | 基本上是走路跟騎馬，但也有魔法傳送門（技術上是透過遠未來的先進科技達成）。 |
| 道路開闢、養護 | 有完善的古羅馬帝國風格的道路。 |
| 建築 | 以中世紀～近代歐洲風格的建築物為主，但也有為遊客準備的近未來風格的建築物（當地人並不覺得奇怪）。 |
| 機械技術 | 中世紀～近代水準。島嶼以外的地方則是遠未來的水準。 |
| 科學 | 島嶼以外的地方有傳送門、核融合、無性繁殖等等先進科技。 |
| 醫療 | 療傷魔法相當普及。 |
| 獨家技術 | 有「魔法」，但這個魔法其實是透過遠未來的先進科技使其冒出火焰，或者從無生有。從設定上來說，魔法必須透過神所授予的工具才能施展，主題樂園的遊客拿到的是最高規格的工具。 |

| 飲食 | |
|---|---|
| 可取得的食物 | 來自地球或其他星球的各種食物。 |
| 烹調方式 | 同樣也是來自地球或其他星球的各種烹調方式。 |

| | |
|---|---|
| 語言 | 島上居民也是透過宇宙共通語來溝通。 |
| 教育制度 | 雖有些不自然，但還是設立了學校，遊客可假扮成奇幻世界學校裡的學生。 |

| 經濟 | 中世紀～近代歐洲的程度。 |
|---|---|
| 產業 | 中世紀～近代歐洲的程度。 |
| 主要工作 | 農業、商業、工匠等。另外，工匠與商人有臨時收個徒弟的文化（以便遊客進行體驗）。 |

| 文化 | |
|---|---|
| 風俗人情 | 中世紀～近代歐洲的重現，另外也隱藏了一些只有外面世界的人才知道的戲謔性模仿。 |
| 國民特性 | 島上居民大多是性格沉穩且熱情好客的人。<br>另一方面，外面世界的人有著跟現代的我們略為不同的價值觀（他們對於在這個人工製造出的人類世界裡冒險，並沒有什麼罪惡感，甚至有很多人將島上居民視為寵物）。不見得都是歧視，這些外形各異的不同種族實際上也可以和平共存。 |

| 舞台的歷史 | 人類與魔族歷經千年爭戰不休……這是島上居民所相信的歷史。這座島其實是在三百年前創建，因此有七百年的歷史是憑空捏造的。 |
|---|---|

# 遠未來 ★5★

| | |
|---|---|
| **特色** | 利用遠未來的科技創造出的奇幻風格世界。這個世界裡的所有奇幻元素（無論是魔法、怪獸或者特殊的自然現象）都可以用科幻領域的科學來解釋。<br>反過來說，島上沒有任何不可思議的現象無法用未來科技說明（例如真神等）。 |
| **問題、課題與隱憂** | 問題有兩個。<br>首先是島上有人開始察覺真相。另一個問題則是，奇幻樂園人氣下滑，開始出現虧損。<br>要是公司破產，或者島上出現什麼大問題，就會把整座島毀掉（根據遠未來世界的法律規定，島上的居民並不是人類，因此就算將整座島毀掉也不成問題）。 |
| **備註** | 主題樂園的具體結構、慶典活動以及島上觀光客的實例等，都要再想一想。<br>另外也要想一下這座島的歷史，要是讓這兩份資料相互影響且同時存在，應該會變得更有趣。就算從這座島的立場看來是世界危機；從主題樂園的立場看來，卻只是一項越來越平淡的慶典活動而已。<br>或者也可以設定得更為複雜。原本的設定是，這個世界並沒有「真正的奇跡與魔法」，但其實島上某種人造的奇幻要素當中或許摻雜了「真品」。 |

# 學園都市 ★1★

| 學校類型 | 機器人 |
|---|---|

## 學校詳細資料

| 學校所在地 | 鬧區／**島嶼**／其他（　　　　　　　　　　） |
|---|---|
| 學生年齡 | 小學生／國中生／高中生／大學生／專科生／**其他（五專生）** |
| 課程具體內容 | 十公尺高的巨型機器人（特機）的製造、操控及維修保養。 |
| 學制 | 五年 |
| 入學門檻 | 任何人都能報考，但很難考上。 |
| 畢業門檻 | 畢業考也很難考。許多人因為留級，已在此居住多年。 |
| 畢業後主要出路 | 任職於機器人製造商，或者有用到機器人的公司。也有許多人成為公務員。 |
| 學費 | 非常便宜，因為有來自聯合國與特機相關企業的補助。 |
| 有無獎學金制度 | 有。大概都兼任講師。 |

| 都市／學校名 | 涯之島特機高等專門學校 |
|---|---|
| 面積大小 | 大約五十平方公里 |
| 人口 | 三萬人（其中一萬人為學生，五百人為講師或行政人員，其餘為當地居民） |

# 學園都市 ★2★

| 地形 | 位於日本伊豆諸島附近的孤島。 |
|---|---|
| 氣候 | 亞熱帶氣候，時常有颱風。 |

| 宗教、信仰 | 當地居民有自己的宗教信仰（大仁教），學生之中也有人受到感召。 |
|---|---|

| 居民的階級 | 跟現代日本一樣。 |
|---|---|
| 統治 | 島嶼本身為東京都的地方自治團體。<br>學校由聯合國的專門機構「國際特機機構」管轄，向地主租借土地後建校。 |
| 學校與學生的關係 | 基本上是一般學校，但有簽訂契約明定在陷入某些危險狀態時應聽從學校指揮。 |

| 校規 | 校規的重點是「特機技術未經允許不可外流」、「未經允許，不得進入管制區域」。<br>關於第二點，校方雖然表示因為特機具有危險性，這是為了保護學生的安全，但許多人都懷移是為了避人耳目。 |
|---|---|

### 技術

| | |
|---|---|
| 基礎建設 | 與現代日本的都會區相當。 |
| 交通工具 | 公車以及應用了特機製造技術的車輛與摩托車。 |
| 道路養護 | 校內道路修整得跟都會區一樣完善。 |
| 建築 | 學校為近未來建築,居民原本住的地方則是以往的建築。 |
| 機械技術 | 特機相關技術領先了二十年。 |
| 科學 | 跟機械技術一樣,特機相關科學領先了二十年。 |
| 醫療 | 特機所造成的事故相當多,因此蓋了許多醫院。 |
| 獨家技術 | 巨型機器人＝特機 |

### 飲食

| | |
|---|---|
| 可取得的食物 | 以船隻運來糧食,基本上為自給自足,另外也利用特機發展大規模農漁業。肉類價格昂貴,所以都只吃魚,很多學生因此都吃膩了。 |
| 烹調方式 | 跟現代日本一樣。 |

### 與其他區域、組織的關係

| | |
|---|---|
| 臨近區域（日本） | 雖是日本的一部分,但享有治外法權。 |
| 同盟（　　　） | 全世界有八間同樣類型的學校。 |
| 敵對（　　　） | 學校與學校之間為競爭關係。 |
| 交流（　　　） | 學校與學校之間也有技術上的交流。 |
| 其他（　　　） | 有從學校撈到好處,也有對學校很反感的人,關係複雜。 |

## 學園都市 ★4★

| | |
|---|---|
| **經濟** | 「學生打工的地方」、「學生成立的公司」占了校園生活與經濟活動的很大一部分，因此學校幾乎已經成為一般都市。 |
| **學生的生活** | 學生的本分是讀書……雖說如此，但課外實習、特機製作等畢業作品以及操控競賽等，都占了不少時間。 |
| **學生的工作** | 許多學生透過打工或正職工作，參與學校經營和都市治理。 |

| 文化 | |
|---|---|
| **風俗習慣** | 當地居民有當地特有的風俗人情（宗教、慶典等等。另外，許多老人家都對現代科學懷有戒心）。學生大致上跟現代一樣，不過，有很多機器人動漫迷。 |
| **學生特性** | 當地居民恪守傳統，而年輕人之中，也有不少人受到學生感召。<br>學生畢竟是「現代的年輕人」，不過，還是以富有挑戰精神、特意來到這裡求學的學生最受矚目。 |

| | |
|---|---|
| **都市與學校<br>的歷史** | 大約二十年前突然出現了這麼一個可以學習巨型機器人技術的地方，這間學校是同一時期在世界各地開辦的學校之一。自從創校以來，陸續培育出許多技師。<br>江戶時代就有人來這座島嶼開墾移住，但也有人認為在那之前島上已有人居住。目前正在進行考古發掘與調查。 |

| 現有的設施 | 現代都市裡會有的設施，這裡大致上都有。而且因為也有許多成年學生，甚至也有紅燈區。<br>另外，學校裡面除了校舍之外，還有用於實習的大廣場。不斷有流言指出，這個平時禁止進入的場地裡有來歷不明的古代遺跡。 |
|---|---|
| 問題、課題與隱憂 | 特機雖普及全世界，但有人質疑「為何特機在特定地點（學校某處）跟其他地方所能發揮的效能有落差？」雖然在學校以外的地方仍可發揮出一般重工業機械或戰車無可比擬的效能，然而謎團未解……所以大家都說，學校裡藏有什麼祕密。<br>（這個猜測其實並沒有錯，學校某處有古代遺跡，而在該處發現的技術以及至今仍在釋放的能量都跟特機有很大的關係）另外，學校與當地居民彼此之間都有所不滿（有些當地居民不希望還有人要來分一杯羹），而這可能成為衝突的導火線。 |
| 備註 | 若是要在實際創作中使用，就要先把授課項目、班級分配以及機器人種類等細節設定好。<br>尤其是這個世界裡的機器人外形如何、能做些什麼以及不能做什麼等詳細設定，在範例當中幾乎都沒能提及。要是沒有先把這些細節設定好，恐怕會讓喜愛機器人的讀者大失所望。 |

## 榎本秋

文學評論家。於各地擔任講師，同時也經營作家事務所。著有《如何拿下輕小說新人獎》（綜合科學出版）、《想寫娛樂小說的人一定要知道的正確日文》（DB Japan）等書。也以本名福原俊彥撰寫時代小說。

## 鳥居彩音

擅長書籍編輯，同時也筆耕不輟。於東放學園電影專門學校、專門學校日本漫畫藝術學院擔任講師。著有《不會被批評畫得很無聊的插畫構圖技法》（秀和系統）等書。也以筆名入江棗撰寫小說。

主要參考文獻
「図解雑学 宗教」 井上順考著（ナツメ社）
「宗教がわかる事典」 大島宏之著（日本実業出版社）
『日本国語大辞典』（小学館）
『デジタル大辞泉』（小学館）

**PIE** **PIE International**

Originally published in Japan by PIE International
Under the title 物語を作る人のための 世界観設定ノート
*(A CREATOR'S GUIDE TO WORLD-BUILDING)*
© 2021 Aki Enomoto / Ayane Torii / Enomoto office / PIE International
Original Japanese Edition Creative Staff:
著者　鳥居彩音
監修　榎本秋
執筆協力　榎本海月（榎本事務所）
装丁・デザイン　小松洋子
校正　株式会社ぷれす
編集　関田理恵
Complex Chinese translation rights arranged through Bardon-Chinese Media Agency, Taiwan

── 創作者的故事設定攻略 ──
# 打造完美奇幻世界觀

出　　　版／楓樹林出版事業有限公司
地　　　址／新北市板橋區信義路163巷3號10樓
郵 政 劃 撥／19907596 楓書坊文化出版社
網　　　址／www.maplebook.com.tw
電　　　話／02-2957-6096
傳　　　真／02-2957-6435
作　　　者／鳥居彩音
監　　　修／榎本秋
譯　　　者／殷婕芳
責 任 編 輯／周佳薇
校　　　對／周季瑩
港 澳 經 銷／泛華發行代理有限公司
定　　　價／380元
初 版 日 期／2022年7月

國家圖書館出版品預行編目資料

創作者的故事設定攻略 打造完美奇幻世界觀
／ 鳥居彩音作，榎本秋 監修；殷婕芳翻譯. --
初版. -- 新北市：楓樹林出版事業有限公司,
2022.07　面；公分

ISBN 978-626-7108-51-2（平裝）

1. 小說　2. 寫作法

812.71　　　　　　　　　111006808